하나님의 블랙리스트

God's black list

上帝的黑名單
作者：盧春如

루춘루 지음 | 이가나 옮김

미국 7대 연쇄살인마 실록

God's black list

하나님의 블랙 리스트

나는 사냥꾼이다! 인간들은 단지 내 사냥감에 불과하다!
나는 옳은 일을 했다! 그렇지 않았다면 하늘이 나의 살인을 방관하지 않았을 것이다!

집사재

To All those who love me.

~ Ruby ~

나를 사랑하는 모든 이에게

~ 루비 ~

미국 7대 연쇄살인마 실록

추천의 글 .·· 하나

이 책은 다른 여성 연예인들의 곱게 치장한 글들과는 근본적으로 다른 책이다! 우선 루춘루(盧春如 · 루비Ruby)의 대담한 스타일과 소재 선택은 그녀 특유의 감성적인 문체와 멋들어지게 어우러져 책을 읽는 내내 손에 땀을 쥐게 하였다. 어려서부터도 워낙 일본 추리소설과 각종 서스펜스영화는 물론 미국 CSI 드라마 시리즈까지 모두 섭렵할 만큼 수사물을 좋아했던 나는 이 책을 읽어 내려가는 동안 어느새 그녀가 그토록 많은 시간과 노력을 들여 완성해낸 7인의 살인범에 대한 행동분석과 치밀한 사건구성에 깊이 빨려 들어갔다. 그리고 루비의 의지력과 굳은 정신력을 더욱 존경할 수밖에 없었다.

방송인 샤오옌지에(小燕姐)

추천의 글 · 둘

사람들이 마음속에 그려보는 「이상세계」가 있다면 그것은 과연 어떤 모습일까? 밤에도 문을 걸어 잠그지 않고, 길가에 물건이 떨어져 있어도 함부로 주워가는 이 없는 옛 사람들이 말하던 그런 모습일까?

그러나 아무리 가혹한 법적 제재와 엄격한 법 집행이 따른다 해도 세상에는 각양각색의 악당들이 생겨나기 마련이다. 그들이 저지르는 무시무시한 사건들은 사람들로 하여금 문을 꼭꼭 걸어 잠그고 심지어 철창문을 덧대거나 24시간 무인 경비시스템을 설치하게 만들기도 한다.

인간의 본성이 착하다는 가설대로라면 왜 그처럼 많은 사람들이 그토록 무섭고 끔찍한 범죄를 저지르게 되는 것일까? 도대체 그들은 범죄를 저지르는 순간 무슨 생각을 하는 것일까? 우리와 똑같은 모습을 하고 있던 사람들이 순간 무시무시한 살인마로 변하게 된 이유는 무엇 때문일까?

어쩌면 프린세스 루비의 이 책을 통해 우리는 그에 대한 해답을 찾을 수 있을지도 모른다.

루비가 어떠한 동기와 어떠한 마음으로 이 책을 쓰게 되었는지는 잘 모르겠다.

그녀는 항상 웃으며 살인마의 심리상태를 연구하는 것이 자신의 취미라고 말하곤 했다.

그러나 이 책을 보면 그녀가 이 살인범들에 대해 얼마나 많은 연구를 했으며, 또 얼마나 치밀한 자료 검토를 했을지 쉽게 알 수 있다. 그녀의 책을 통해 소개된 7인의 살인범들은 거의 모두가 밖으로 드러낼 수 없는 참담한 어린 시절과 불행했던 환경을 경험한 사람들이었다. 어린 나이에 혼자서는 도저히 감당할 수 없었던 경험들은 그들의 성격과 인생관을 왜곡시켰으며, 전대미문의 범죄행위를 저지르게 만들기에 충분했다. 만약 그런 그들이 어린 시절 학대를 받고 있을 때 누군가 도움의 손길을 내밀어 주었다면 세상을 경악시킬 만한 놀라운 범죄들은 막을 수 있지 않았을까? 만약 우리 사회가 그런 사람들에게 조금 더 관심을 보인다면 잔악무도한 사건들을 조금은 줄일 수 있지 않았을까? 그럴 수만 있다면 이 세상은 조금은 더 아름답게 변할 수 있었을지도 모른다.

어쩌면 이것이 루비가 이 책을 쓰게 된 또 다른 이유일 것이다.

방송인 짜오샤오캉(趙少康)

목차

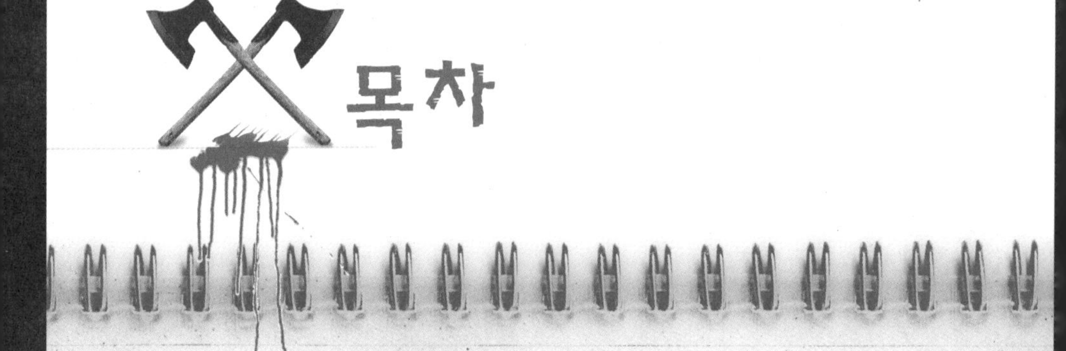

V. 연쇄살인범의 정신적 층면(層面)

VI. 연쇄살인범의 성장과정

VII. 연쇄살인범의 변태적 욕망

I. 시작하는 글 - From Me to You

드디어 책이 완성되었다! 마치 꿈을 꾸고 있는 것만 같다. 솔직히 말하자면 이 꿈이 실현되었다는 사실이 너무 흥분되어 아무런 말도 떠오르지 않는다. 평소 표현을 잘 하는 나로서도 지금 이 순간에는 가만히 이 가슴 벅찬 느낌을 즐기고 싶을 뿐이다. 탈고하는 순간, 나는 구름 위에 떠 있는 듯 몇 번이고 자신에게 이렇게 되뇌였다.

"루비, 넌 해냈어! 해냈다고! 이 책은 더 이상 미완성의 꿈이 아니야!"

범죄심리학을 주제로 한 책을 쓰는 것은 나의 오랜 바람이었다. 하지만 진심으로 나를 지지해 주는 사람들이 아니었다면 아마 책을 내기까지 적어도 수년은 더 걸렸을지도 모른다.

이 책을 쓰게 되기까지의 과정은 이렇다.

열여섯 살 때 처음으로 『연쇄살인범 백과전서』라는 책을 접하게 된 나는 그날을 기점으로 내 평생 열정을 쏟을 만한 무언가를 찾은 것 같다고 스스로에게 말하곤 했다.

당시 그 한 명 한 명의 살인범과 사건들은 나를 한없이 유혹했다. 나는 책에 있는 내용을 한자도 빠짐없이 읽어 내려가는 한편 내가 거기에 빠져드는 진정한 이유를 의심하기 시작했다. 나 자신이 피를 갈구하는 잠재적 욕망을 가진 사람은 아닌지 심각하게 걱정하게 되었고, 심지어 내 안에 아직 피어나지 않은 악의 인자가 숨어 있다고 믿기 시작했다.

관련서적과 자료들을 읽고 수집하는 과정에서 한때 나를 그토록 유혹하던 것이 살인범들이 행한 행위들이 아니라 대다수의 사람들이 근접하기 꺼려하고 인정하기 싫어하는 인간의 어두운 본성이었다는 사실을 깨달았다.

나도 한때 수없이 많은 사악한 생각들을 품곤 했음을 인정한다. 하지만 나이가 들고 사회생활을 하면서 겪은 시련들 속에서 많은 사람들 사이의 어두운 면을 목격하게 되었다. 그것이 현실적인 이익을 위한 경쟁이든 아귀다툼 속의 싸움이든 참으로 많은 요소들이 선량한 마음을 더 이상 순수하게 내버려두지 않는다는 사실도 알게 되었다. 사람들은 자신의 마음속에 잔인한 인간의 본성이 내재되어 있다는 직관 앞에서 말로 표현할 수 없는 두려움을 느낀다.

이 책은 인생의 도리를 선전하려는 것이 아니다. 다만 현존했던 범인과 사건을 분석함으로써 중요한 메시지를 전하는 데 그 의미가 있다. 그것은 인간의 잠재된 범죄의식을 태어나는 그 순간부터 예방할 필요가 있다는 뜻이기도 하다. 또한 범죄자 한 명 한 명의 성격과 성향을 자세히 파악하고 범죄를 초래하게 된 정신을 분석함으로써 이 책을 읽는 독자들로 하여금 건강한 환경의 중요성을 알게 하는 데 그 의미를 두고 있다.

대만에 살고 있는 나로서는 이 사회가 언제까지나 평화와 행복을 유지해 주기만을 바랄 뿐이다. 자축할 것은 지금 현재까지 대만은 연쇄살인사건이 단 한 번도 발생하지 않은 안전한 국가라는 사실이다.

연쇄살인범들은 극단적이다. 이 책에 소개된 여러 가지 사례들은 연쇄살인범만이 갖고 있는 특징을 명확히 보여주고 있다. 물론 어떠한 성장과정과 환경이 한 사람을 연쇄살인범으로 만들어갔는지에 대해서는 정확한 의학적 판단과 해석을 내릴 수는 없다. 그러나 최소한 오랜 세월의 연구결과를 통해 앞으로 범죄의 충동적 증가요인을 점차 감소시킬 수 있음은 분명하다.

더 이상의 말보다는 독자의 눈으로 직접 읽고 이해하는 것이 좋을 듯하다. 이 책을 지은 작가로서 내가 맨 처음 접한 책에서 느낀 감정처럼 독자들도 이 책을 통해 인간의 다양한 심리 변화를 느껴보기 바란다. 그 중에서 내가 가장 바라 마지않는 것은 독자들이 범죄에 대한 경각심과 예측할 수 없는 위험에 대비하는 마음을 갖기 바란다는 점이다.

마지막으로 이 책을 완성하기까지 많은 도움을 주신 분들께 진심으로 감사를 드린다. 항상 나를 가장 믿어 주는 가족들과 나를 지탱해 주는 동료와 친구들은 모두 나의 가장 큰 후원자이기에 그 어떤 좌절도 거뜬히 이겨낼 수 있었음을 밝힌다.

언제나 나를 지지해 주시는 청중들과 추천의 글을 써주신 샤오옌지에와 짜오샤오캉 선생님, 씨엔, 그리고 조어 선생님, 씨에 소장님의 가르침과 도움에도 깊이 감사드리며, 이 책에 삽화를 그려주신 제프리(Jeffrey)와 제작에 도움을 주신 분들께도 감사드린다.

그들이 있었기에 내 인생에서 가장 중요한 한 이정표에 도달할 수 있었음을 전하고 싶다.

또 내가 혼자 힘으로 이 책을 완성해낼 것이라고 믿어준 모든 분들께도 감사드린다. 그 믿음은 이 책이 단 한 권이 아니라 앞으로 내가 쓸 저서 가운데 처음으로 출판된 책임을 일깨워주었다.

미래의 어느 날 이 책을 통해 새롭게 알게 된 독자 여러분과 다시 만날 기회가 주어지기를 바라며.

Thank you all for the love, for I am truly blessed!

Love, Ruby

루비의 연쇄살인범 소묘

TED BUNDY
Ted Bundy(테드 번디) 여대생 킬러
JEFFREY DAHMER
Jeffrey Dahmer(제프리 다머)
밀워키의 살인마
Albert Fish
Albert Fish(알버트 피쉬) 식인아동 살인마

II. 서막

TV 프로그램을 통해 우리는 어린 사슴의 가녀린 목이 사자의 날카로운 이빨에 관통되어 처절하게 죽어가는 모습을 본 적이 있다. 사슴은 고통에 몸부림치며 있는 힘껏 저항해 보지만 곧 맹수의 힘에 정복되어 마지막 남은 한 가닥 숨조차 목과 폐에 그득 차 버린 피에 의해 힘없이 잠겨 버린다.

만물의 영장이라고 일컬어지고 있는 인류의 문명화된 사회에서 이러한 야만적 행위는 용납되지 않는다. 동정심이 있는 사람이라면 누구나 어린 사슴을 안타까워하는 반면, 사자에 대해서는 잔인하고 포악한 맹수라는 생각을 갖게 된다.

나의 아버지는 나에게 이런 말씀을 하신 적이 있다. "어린 사슴이 불쌍한 것은 사실이지만, 그렇다고 해서 사자가 동정받을 가치가 없는 건 아니지!"

한번 생각해 보자. 어린 사슴이 사자의 점심 식사로 희생되어 주지 않는다면 사자는 굶주린 몸으로 기약 없는 하루하루를 연명해야만 한다. 동물의 세계에서 그들은 운 나쁜 먹잇감이 자신의 뱃속을 채워 주기를 기대하거나 아니면 산 채로 굶어 죽는 날을 기다릴 수밖에 없는 것이며, 죽은 후에는 시신조차 남지 않는다.

이것이 바로 동물의 세계이다!

동물들에게 있어 배를 불리기 위해 사냥감을 찾는 것은 기본적인 생존법칙이다! 타인의 먹잇감이 되지 않기 위해 그들은 스스로 생존을 위해 투쟁한다.

'적자생존'은 동물과 동물 사이의 죽고 죽이는 싸움으로 해석할 수 있다. 그러나 인류의 피비린내 나는 도살은 무엇을 위함인가? 날카로운 이와 발톱이 없는 우리 인간들이 자신과 똑같은 사람들을 무참히 살해하는 것은 왜일까? 배를 불리기 위해서? 아니면 타인의 먹잇감이 되는 것을 피하기 위해 그들보다 먼저 손을 써야 했던 것인가? 인류는 지나친 '자아인식'으로 자신이 행한 행위를 해석하는 경향이 있다. 그리고 거기에는 변명할 수 없는 아주 많은 원인들이 존재한다. 불행한 것은 탐욕과 욕망에 눈이 멀어 인간은 인간의 마음속에서 꿈틀대는 사악함을 더 이상 저지할 수 없게 될지도 모른다는 점이다. 인류는 영리하다. 그러나 깊숙이 내재되어 있던 야수의 습성이 뚫고 나오는 순간, 그가 듣고 보아 알고 있는 온갖 잔혹함이 하나하나 표출되기까지 그리 많은 시간이 소요되지는 않는다.

'야수'는 인간이 동물에게 붙여준 이름이지만, 인류는 항상 스스로 인간의 탈을 쓴 야수가 되기를 자청하곤 한다.

'인간의 탈'을 쓴 야수

우리는 정해진 법의 기준에 의해 잘잘못을 가리는 세상에 살고 있다. 그러나 법의 제재와 처벌도 이성의 사악함이 만들어낸 비극을 막을 수는 없다.

인간의 마음은 행동에 영향을 미치지만, '판단'은 인류의 본능이다. 우리는 어려서부터 폭력을 일종의 야만적인 행위라고 교육받았다. 또한 자신의 마음을 컨트롤하지 못한 것이 폭력을 행사한 것에 대한 핑계가 될 수 없음을 충분히 자각하고 있다. 그러나 잘못을 행했을 때 사람들의 행동은 습관적으로 합리적인 해석과 이해로 무장된다.

정상인이라면 과격하고 폭력적인 부모 밑에서 자라는 것이 원망스럽다는 이유로 자신의 친부모를 난도질하여 죽게 하지는 않는다. 또한 정상인이라면 이성적 환상 때문에 모르는 사람을 유괴하여 강간 살인한 다음 아무 곳에나 시체를 방치하는 잔인한 행동을 일삼지 않는다. 같은 예로 만약 정상적인 사람이라면 어린아이들을 좋아한다는 이유로 그들을 살해한 다음, 그 시체를 썰어 먹는 경악할 만한 행동을 하지 않는다. 또한 인체에 대한 호기심 때문에 직접 타인의 내장을 꺼내거나 꺼낸 장기들로 장식품을 만들지는 않는다. 우리는 이처럼 '정상인이라면 결코 할 수 없는 일'들이 이미 '정상인'들에 의해 행해져 왔다는 사실을 알고 있다.

이처럼 모두가 문명화된 사회라고 믿어 의심치 않는 사회에서 속속 발생하고 있는 무시무시한 살인사건들의 '잔악무도한 행위'는 사실적인 표현이 부족할 지경이다. 두려운 점은 통상적으로 누군가가 죽임을 당한 후에야 인면수심을 한 자들이 세상의 주목을 받게 된다는 점이다.

인간의 탈을 쓴 야수들은 살아남기 위해 스스로 정상인을 가장한다. 그들은 항상 우리 주변에 살고 있으며 우리와 같은 음식을 먹고 같은 물을 마시고 같은 교회를 다니고 같은 일을 하는 사람들이다. 그들은 표면상 보통 사람들과 전혀 분간할 수 없으며 언제나 우리의 신임을 얻기 위해 노력하는 사람들 속에 속해 있다. 그리고 깊은 밤, 조용하고 인적 없는 곳에서 가면을 벗어던지고 아무런 방비책도 없는 낯선 사람들을 대상으로 숨겨온 자신만의 '취미' 활동을 시작한다. 그것이 바로 야수의 진면목이다.

전문가들은 여러 해 동안 살인의 동기와 잔악함을 야기하는 원인을 파악하기 위해 그 같은 행위를 합리화할 수 있는 심리에 대하여 다각적인 연구를 거듭해 왔다. 그러나 수년 간의 관찰 결과, 이러한 살인범들에게서 비슷한 형태의 행위를 발견할 수 있었다는 것 외에 비극을 막을 수 있는 방법을 찾을 수는 없었다. 현재로써 우리가 유일하게 할 수 있는 것은 심리학적인 각도에서 '정상인'이 '비정상적'으로 변해 갈 가능성을 논하는 것이 전부이다.

'정상인'도 살인마가 될 수 있다

정신적인 문제가 있는 사람만이 살인을 저지르는 것은 아니다.

오히려 정신적인 문제가 없으면서 지능지수가 높은 범죄자들은 바로 이 점을 이용하여 법의 제재로부터 벗어나곤 한다.

물론 불행한 경험과 환경이 범죄 발생을 야기할 수도 있으나 상대적으로 봤을 때 범죄를 저지르는 사람은 이미 정해져 있다고 해도 과언은 아니다. 그러나 부정할 수 없는 것은 모든 잘못은 바로 인류의 손을 거쳐 만들어졌다는 점이다.

그렇다면 살인은 선천적인 욕망에 의한 것인가 아니면 후천적인 변화에 따른 것인가?

중요한 것은 이유야 어쨌건 잘못을 범한 사람은 반드시 그에 상응하는 벌을 받는 날이 있을 것이라는 사실이다.

하늘은 그들의 범죄행각을 모두 지켜보고 있다.

무서운 것은 귀신이 아니다. 귀신도 사람이 변한 모습에 불과할 뿐이니까…….

III. 연쇄살인범이란 무엇인가?

연쇄살인범의 범죄수법과 범죄행위

전문적인 통계에 따르면 미국에는 현재 최소 50~60여 건의 미해결 연쇄살인사건과 아직 체포되지 않은 범행 용의자들이 있다고 한다. 어쩌면 그들은 여전히 어딘가를 배회하며 자신들의 사냥감을 찾고 있을 것이라고 생각된다.

Serial Killer, 즉 '연쇄살인범'이라는 단어가 처음 쓰여진 것은 1981년 5월 〈뉴욕타임스〉에 실린 한 기사에서이다. 'Serial Killer'는 당시 구체적인 전달을 위해 '연속적으로 같은 살해 방법을 사용한 범죄자'라는 뜻이 담겨 있었으며, 이 명칭을 맨 처음 고안해낸 사람은 미국의 유명한 FBI 범죄분석가 로버트 레슬러(Robert Ressler) 요원이었다. 그는 당시의 경찰계를 위해 연쇄살인범이라는 정식 명칭을 만들어냈으며, 이는 곧 학술적으로도 인정받게 되었다. 연쇄살인범이라는 명칭이 사용되기 시작한 것은 불과 30년도 채 안 되었지만 사실상 연쇄살인사건은 이미 오래 전부터 사람들이 알지 못하는 시간과 장소에서 수없이 발생되어 왔다.

FBI 미연방수사국 수사 수첩의 글을 인용하면 모든 '연쇄살인범'의 소행에 대한 정부당국의 정의는 다음과 같다.

"3건 혹은 3건 이상의 극히 드문 사건이 3곳 혹은 3곳 이상의 장소에서 일정기간을 두고 발생하는 사건."

이러한 미정부당국의 정의에 의하면 우리가 알고 있는 '연쇄살인사건'이란 반드시 3건 이상의 살인사건이 성립되어야 하며, 모두 다른 지점에서 발생한 것을 일컫는다. 사건과 사건 사이의 시간적인 간격이 어떤 때는 몇 개월이 될 수도 있고 심지어 몇 년이 될 수도 있으므로, 살인범은 반드시 냉각기를 갖고 있다고 볼 수 있다.

연쇄살인범의 가장 두드러진 특징은 자신이 체포되기 이전까지는 계속해서 살인을 멈추지 않는다는 것과 그들 모두 전문적인 수법을 지니고 있다는 것 등이다. 교살, 독살, 총살, 도살 등의 수법은 모두 살인범들이 지니고 있는 각각의 특징이 될 수 있으며, 경찰 측은 이러한 고유의 특징에 따라 단일 사건인지 연쇄살인범의 소행인지 판별하게 된다.

연쇄살인범은 사체를 유기하는 장소에 애써 단서를 남겨 경찰의 눈에 띄게 한다. 그것은 그들이 살인하는 과정에서 남기는 자신만의 기호이다. '기호'란 서로 다른 살인범들이 자신이 좋아하는 수법으로 만들어진다. 잔혹하게 훼손된 사체의 머리를 없애거나 사체에 흉기 자국을 낸다. 혹은 사체의 머리 부분에 자신의 잇자국을 내기도 하며, 사체를 인형 삼아 원하는 자세를 취해 보거나 분장을 시킨다. 그들에게 있어 기호란 마치 개가 영역표시를 하듯 세상 사람들을 향해 자신의 존재를 알리는 역할을 해주는 한편, 타인의 삶과 죽음을 장악하고자 하는 변태적인 욕망의 상징이다.

통상적으로 연쇄살인범은 사체를 성공적으로 유기한 다음에는 피해자의 개인적인 물건을 소장하기도 한다. 그것은 가죽 지갑 속에 있던 운전면허증일 수도 있고, 속옷이나 한 줌의 머리카락 혹은 피해자의 손가락이 될 수도 있다. 기본적으로 이러한 행위는 순전히 살인을 즐기는 과정을 기억 속에 남겨두기 위함이며, 언제든 이러한 기념품들을 꺼내어 살인의 추억을 회상하고자 할 때 적절한 도움을 받기 위함이다. 다시 말해서 형용할 수 없는 변태적 살인의 쾌감을 복습하기 위한 것이라고 할 수 있다.

연쇄살인범들이 보여 온 여러 가지 행위들을 간단히 요약하자면 쫓고 쫓기는 놀이를 즐기는 비정상적 발상을 실행에 옮긴 것이라고 할 수 있다. 그들은 경찰의 수사망을 피하는 것을 즐기는 동시에 자신의 한계에 도전하는 것을 좋아한다. 잡히지 않을수록 그들은 흥분을 느낀다. 그들은 자신을 당할 자가 없다는 환상에 빠져들면서 범행은 점점 대담해지는 경향을 보인다. 그들은 숨어서 남몰래 언론매체에 자신이 거명되는 유명세를 즐기고, 상대적으로 각종 매체에서 자신이 만들어낸 작품을 적극적으로 다루지 않으면 누군가 다른 사람들이 발견할 때까지 계속해서 범죄를 저지른다.

물론 연쇄살인범이 미국에만 있는 것은 아니다. 사실상 연쇄살인은 언제 어디에서나 일어날 수 있다. 그런데도 불구하고 일부 국한된 국가에서 비교적 많은 연쇄살인사건이 발생하는 것이 사실이며, 한 통계는 이들 국가들이 모두 지리적으로 대륙 형태의 국가임을 보여주고 있다. 대륙형 지역은 협소한 지역보다 인적이 드문 곳이 많으므로 범인들에게는 피해자들을 손쉽게 처리할 수 있다는 장점이 있다. 따라서 전적으로 도피를 목적으로 숨어 버리는 살인범을 잡기란 쉽지 않은 일이다. 미국처럼 권리와 자유를 강조하는 국가에서 특히 이러한 연쇄살인범이 자주 등장하는 가장 큰 이유는 그들이 사적인 공간과 땅을 소유할 수 있는 동시에 개인의 권리를 행사하는 데 있어 가장 적합한 곳이기 때문이다. 즉 미국이라는 국가 자체가 개개인의 프라이버시 보호를 옹호하는 법적 제재가 강하다는 점이 큰 힘으로 작용하여 많은 연쇄살인범들이 계속해서 사건을 저지르면서도 다른 사람들의 눈을 쉽게 피할 수 있기 때문이다. 대부분의 범죄가 발생하는 장소가 자신의 집이나 뒤뜰인 것도 바로 그러한 이유이다.

분명한 것은 특정 장소가 살인마를 은닉시켜주고 양성시키는 주된 요인을 제공해준다는 사실이다.

Ⅳ. 연쇄살인범의 특징

FBI가 규정한 연쇄살인범들의 유년기에 나타난 열 가지 특징

연쇄살인사건은 주된 몇 가지 형식을 띠고 있으나 그것만으로는 단 한 사람의 소행이라고 단언할 수 없으며, 범죄의 잔인성의 수준으로 살인범의 성별을 가려내는 척도가 될 수도 없다.

전문가들은 미국의 경우 연쇄살인범들의 대부분이 '백인'이며 '남성'이라는 점을 어렵지 않게 밝혀낼 수 있었다. 그러나 이는 단순히 미국에 해당되는 조사 결과일 뿐, 전세계의 살인범들이 모두 그 범주에 속하는 것은 아니다. 예를 들어 같은 대륙국가인 아프리카나 중국에서 이 같은 조사결과를 똑같이 대입시킬 수는 없다. 또한 모든 살인범이 남성이라는 점에 대한 견해는 현재까지 남성 범죄자가 여성 범죄자보다 많았다는 것을 보여줄 뿐, 범죄의 잔인성이나 혹은 소위 '비정상적 동기'를 보고 범죄자가 남성인지 여성인지를 단정지을 수는 없는 문제이다. 오히려 여성 살인범이 보여주는 잔인한 범죄수법은 결코 남성에게 뒤지지 않는다.

비록 연쇄살인범을 어떠한 특정적 유형으로 완전히 분류할 수는 없지만, 대부분의 연쇄살인범들은 분명 일련의 공통된 특징을 갖고 있다.

1984년 FBI와 범죄심리연구 전문가들은 서른여섯 명의 연쇄살인범을 대상으로 조사를 실시한 결과 다음과 같은 전형적인 특징을 알 수 있었다.

❶ (미국의 경우) 연쇄살인범의 대다수는 독신의 백인 남성이다.

❷ 놀라운 것은 거의 대부분의 범죄자들이 모두 보통 사람들보다 지능지수가 높다는 사실이다.

❸ 이들은 뛰어난 두뇌의 소유자임에도 학업 성적은 형편없었던 것으로 나타났으며 심지어 전문적인 직업이나 고정된 직장을 가진 적이 없었다.

❹ 대부분의 범죄자들은 어려서부터 아버지에게 버림받거나 홀어머니 밑에서 성장했다. 가정에서 이들 어머니의 역할은 대개 '타인을 지배'하는 위치에 있으며 어머니의 독선적인 성향은 차후 범죄자들의 사회성과 인간관계 및 왜곡된 성 관념에 큰 영향을 미쳤다.

❺ 집안의 유전 내력이나 배경면에서 봤을 때, 대다수의 연쇄살인범들의 가족 중에는 유전적인 정신질환과 폭력적인 성향, 혹은 범죄 내력과 알콜중독이라는 병력을 갖고 있는 경우가 많았다.

❻ 조사대상이었던 범죄자들은 대부분 학대 속에 성장했으며 그들은 항상 지울 수 없는 어두운 기억과 그늘을 가지고 있었다. 정신적 학대든 성적 학대든 혹은 부모의 화풀이 대상이었든 한결같이 힘든 어린 시절을 겪었으며 이러한 트라우마(심리적 상처)는 자라면

서 영원히 잊을 수 없는 내적 치욕과 불안정한 분노로 자리를 굳힌다.

⑦ 일반적으로 어려서부터 학대를 받고 자란 살인범들이 특히 남성 권위자들에 대하여 일종의 장애심리를 보이는 이유는 항상 아버지의 빈 자리를 느끼며 성장했기 때문이며, 독선적인 어머니의 주도하에 유년 시절을 보낸 범죄자들은 여성에 대한 모종의 적의를 품고 성장하게 된다.

⑧ 대다수의 살인범들은 유년 시절에 정신적 질병을 앓은 병력을 가지고 있다. 그런가 하면 폭력적인 성향이나 자잘한 범죄행위를 보임으로써 정신병원이나 보호소 등의 공용기관에 수용된 경험이 있다.

⑨ 거의 대부분의 살인범들은 반사회적, 반인류적, 반세계적 이념을 갖고 있다. 그들은 사람들과 어울리는 것을 싫어하고 괴팍하며, 온갖 세상의 불합리한 것에 분개하고 증오한다. 또 일반적으로 소년기에 자살이나 자해하고자 하는 욕망을 갖고 성장하기도 한다.

⑩ 연쇄살인범은 특정한 폭력행위나 혹은 성에 대한 변태적 환상에 사로잡혀 있으며, 특히 관음증과 도착증 증세를 보인다.

물론 위에서 열거한 특징들이 모든 연쇄살인범의 공통점이라는 주장은 억지스러운 면이 없지 않다. 그러나 조사대상이 단지 36명의 살인범뿐이었다고 하더라도 관찰 대상에서 제외된 살인범들에게서도 이상의 공통점을 어렵지 않게 찾을 수 있었다. 이러한 조사보고는 미정부당국이 정의한 연쇄살인범의 특징이라기보다 연쇄살인마가 보여주는 열 가지 '표준적인 유형'이다. 사실상 특정대상과 특정범위로 수사범위를 축소하여 정확한 방향을 잡을 수만 있다면 미해결 사건이 풀리는 결과를 얻을 수도 있다.

그러나 수사당국만이 이 조사 결과를 이용할 수 있는 것은 아니다. 스스로 보통 사람이라고 여기는 우리 자신과 가족들에게 이들 살인범의 보편적인 특징이 없는지 한번 곰곰이 생각해 보라. 자신을 비롯한 주변 사람들 가운데 이상에서 열거하고 있는 증세를 보이는 이는 없는가? 자기 자신을 직시하고, 주변 사람들에게 세심한 관심을 기울여 전문적인 지도를 받게 하는 것도 미연에 범죄를 바로잡는 즉효약이 될 수 있다. 비록 의학이 심리적 외상을 치유할 방법은 없으나 스스로 도움을 구하는 것도 좋은 방법 가운데 하나이다.

살인분석 _ Case File No.1

에드 기인 (Ed Gein)

인간의 피부를 벗겨내어 만든 옷을 몸에 걸치고
월광이 비치는 밤에 춤을 추던 위스콘신주의 살인마.

killer profile

- **이름** _ 에드 기인 Edward 'Ed' Gein
- **별명** _ 플레인필드의 도살자, 미친 도살자, 플레인필드의 무덤을 파헤치는 사람
- **출생** _ 1906년 8월 27일
- **사망일** _ 1984년 7월 26일 멘도타 주립 정신병원에서 사망 Mendota State Hospital
- **습성** _ 무덤 도굴, 인피(人皮) 벗기기, 연쇄살인, 식인, 시체성애자, 학대광
- **범죄시기** _ 1954년~1957년
- **범죄발생지** _ 위스콘신주 플레인필드 Plainfield, Wisconsin
- **희생자수** _ 확인된 사건은 두 건임. 메리 호건 Mary Hogan 1954년 12월 8일 사망. 버니스 워든 Bernice Worden 1957년 11월 6일 사망. 실제적인 피해자 수는 대조할 수 없으나 전문가들은 최소 7명 이상으로 추정함

〈텍사스 전기톱 연쇄 살인사건〉 속의 주인공은 인면(人面) 가죽을 뒤집어쓰고 전기톱으로 아름다운 남녀 주인공들을 무자비하게 살해한다. 이러한 극적 연출은 오랜 시간 동안 공포영화 팬들의 뇌리에 깊이 박혀 있는 공포영화의 대표격이었다. 또 한 편의 영화 〈양들의 침묵〉은 인간의 피부를 벗겨내고 전신에 구멍을 내는 등 변태적 성욕을 발산하는 살인광을 주제로 하고 있다. 그러나 가장 인상 깊고 악랄한 장면을 담고 있는 공포영화라면 〈사이코〉를 빼놓을 수 없다. 영화 속 주인공 노만 베이츠(Norman Bates)가 몰래 욕실에 숨어들어 샤워 중인 금발여인을 칼로 잔인하게 난도질하는 장면은 지금까지 많은 영화 팬들의 마음속에 깊이 각인되어 있다. 영화 속 주인공은 작가와 감독의 연출에 의해 조마조마하고 음침한 분위기를 성공적으로 묘사했으며, 잔혹한 살해 장면과 주인공이 '죽은 어머니의 시체를 창가에 남겨두는' 비정상적 행위 등 여러 상황을 자세하게 나열함으로써 말로 설명할 수 없는 공포분위기를 적절하게 영상화시켰다. 이 세 편의 영화는 모두 매진 사례를 기록했다는 것 외에도 또 한 가지 놀랍고도 무시무시한 공통점이 있다.

공포영화를 좋아하는 당신이라면 진정한 공포가 무엇인지 표현할 수 있겠는가? 만약 이 세 편의 전형적인 공포영화가 실존 인물의 실화를 각색한 것이라면, 당신은 분명 그 실제 인물이 누구인지 알고 싶어질 것이다!

이곳이 바로 지옥

1957년 11월 17일, 미국 위스콘신주의 경찰들은 바깥세상과 단절된 한 농장에서 숨막히도록 잔인한 광경을 목격하게 된다.

사건 발생지점은 미국 위스콘신주 플레인필드로 당시 경찰들은 50세의 버니스 워든이라는 부녀자 실종사건을 조사 중이었다. 그들이 단서를 찾아 도착한 곳은 외진 농장의 나무로 만든 집이었다. 195에이커의 땅에 홀로 서 있던 이 집은 외로움이 깃든 칠흑 같은 어둠 속에서 을씨년스러운 기운을 풍기고 있었다. 맨 먼저 경찰들은 잠긴 현관문 앞에서 잠시 주저했으나 곧 다시 옆문을 이용해 들어가기로 결정했다. 다행히 옆문은 잠겨 있지 않았다. 가볍게 발로 밀치자 닫혀 있던 문은 쉽게 열렸다.

현장에 있던 경찰들은 문이 열리던 순간 자신도 모르게 몸서리를 쳤다. 코를 찌르는 피 냄새와 시체 썩는 냄새가 어둠 속에서 바람을 타고 쏟아져 나왔다. 경찰들은 즉시 심상치 않은 기운을 느꼈다. 앞서 들어간 경찰은 재빨리 손전등을 켜 천천히 방안 구석구석을 비쳤다. 그들은 마치 영화 속에서나 봄직한 흉가에 들어선 착각 속에 빠져들기 시작했다.

오랜 시간 방치된 것으로 보이는 집안 곳곳에는 쓰레기와 잡동사니들로 가득했다. 그들은 희미한 손전등 빛에 의지하여 조심스레 바닥에 널브러진 장애물들을 지나, 점점 강하게 풍겨 나오는 시체 썩는 냄새의 근원지를 추적해 나갔다. 어두운 집안을 좀더 환하게 비추기 위해 몇몇 경관들이 밖에서 유등과 제등을 가져와 실내를 비췄다. 바로 이때 처음부터 손전등을 들고 앞장섰던 경관은 자신의 어깨에 무언가 스치는 것을 느꼈다. 민첩하게 비켜 서서 그곳에 손전등을 비춰 본 경관은 소스라치게 놀랐다. 그가 부딪힌 것은 머리가 잘려나간 채, 거꾸로 매달려 있는 여자의 시체였던 것이다! 신분을 알 수 없는 시체는 마치 '포획물'처럼 벽 쪽의 대들보에 매달려 있었으며, 내장이 들어 내어져 속이 텅 비어 있었다. 두 다리는 잔인하게 벌려진 채로 성기 부분에서 목까지 길게 베어져 있었다. 여성의 외음부는 파내어 없어진 상태였다. 이처럼 영화에서조차 보기 힘든 광경이 눈앞에 생생하게 펼쳐지자 이를 발견한 경관은 미처 놀라움이 가시기도 전에 동료 대원들을 불러 이곳에서 벌어진 일에 대해 더욱 샅샅이 조사할 것을 지시했다. 곧이어 경찰당국은 이 놀라운 광경 속에 있는 것이, 단지 머리 없는 시체 한 구만이 아니라는 사실을 알게 되었다. 방 안이 밝은 빛으로 채워지자 집안 가득한 시체의 흔적들이 속속 모습을 드러내기 시작했다. 그리고 그것은 모두를 경악시키기에 충분한 것들이었다.

그들은 빛으로 시야가 넓어지자 집안의 가구와 일상용품을 비롯한 장식품들까지, 모두 인간의 피부로 만들어졌다는 것을 육안으로도 쉽게 알 수 있었다.

조사 결과 발견된 증거물들은 모두 다음과 같았다. 인간의 경골 두 개, 코 네 개, 사람의 피부로 제작된 탬버린, 서로 다른 여성의 얼굴 가죽으로 만든 가면 9장, 이마 부분에서부터 벗겨낸 여성의 머리 부분 10개, 해골로 만든 사발그릇 한 개, 인간의 피부로 만든

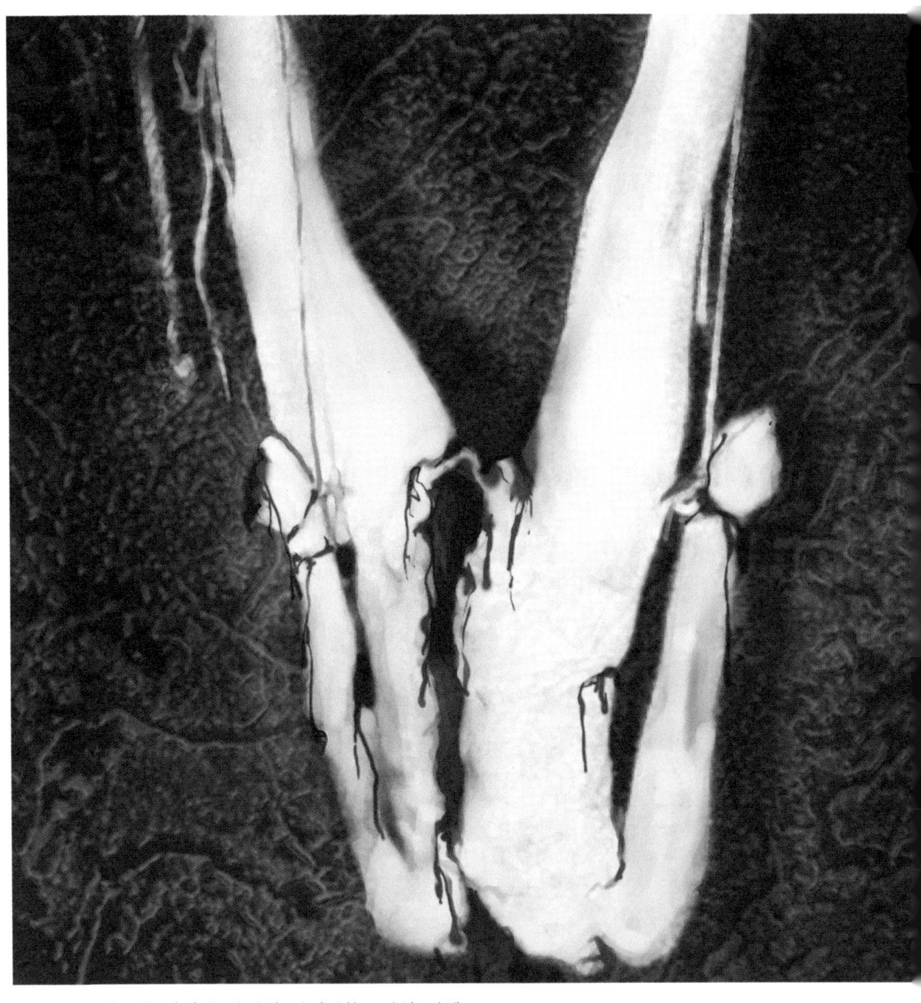

✚ 위스콘신주 농장에서 발견된 머리 없는 여성 시체

쓰레기통 한 개와 가방 한 개, 여성의 유두로 만든 벨트 한 개, 입술로 만든 커튼 걸이 한 개, 전등 갓 한 개, 바지 한 벌과 상의 한 벌, 안락의자 덮개 한 개, 인피로 만든 방석이 깔린 의자 네 개, 뼈로 만든 침대 기둥 두 개, 서로 다른 여성의(가슴과 하체를 포함한) 신체 부분을 조합하여 만든 코트 한 벌, 그리고 구두 상자 속에서는 숨겨 둔 아홉 명의 여성 음부가 발견되었으며, 그 중 은색으로 색칠된 것에는 '엄마의 것'이라고 쓰여 있었다.

집안은 온통 인체예술관을 방불케 하듯 여러 구의 시체들이 전시되어 있었으며, 곧이어 신분을 알 수 없는 여자의 시체가 주방 한 귀퉁이에서 발견되었다. 경찰에 의해 밝혀진 그녀의 신분은 예상대로 실종된 버니스 워든이었다. 그녀의 몸체와 머리는 이미 따로 분리되어 있었으며 심장은 마치 살인마가 자신의 저녁 식사를 위해 남겨두기라도 한 듯 커다란 솥에 담겨 있었다.

여기까지 읽어 내려왔다면 당신은 이 지옥 같은 집의 주인이 누구인지 무척이나 궁금해졌을 것이다. 이제 그는 미국역사상 가장 강렬했던 공포영화들 속 광적인 변태 살인마의 전형적 모델이 되었다. 이름하여 에드 기인! 그가 바로 이 거짓말 같은 살인 현장을 만들어낸 인물이다.

에드 기인의 과거

에드 기인의 행위는 할리우드 영화에 가장 적합한 소재였으며, 그의 비틀린 인생 역경은 보통 사람들이 상상도 할 수 없는 각본으로 쓰여 있었다. '정상'이라는 말 자체가 에드 기인에게는 낯선 글자였다.

'플레인필드의 도살자', '미친 도살자'로 불려진 에드 기인은 1906년 8월 7일 미국 위스콘신주의 라크로스(La Crosse) 태생으로,

본명은 에드워드 티어도어 기인(Edward Theodore Gein)이다. 그의 아버지 조지(George)는 술에서 깨어 있던 적이 거의 없는 알코올중독자였으며, 어머니 어거스타(Augusta)는 틈만 나면 어린 에드 기인에게 학대를 일삼는 사람이었다.

에드는 위로 일곱 살이 많은 형 헨리(Henry)가 있었다. 어려서부터 온화한 성격의 형은 줄곧 어머니의 언어학대를 받았으며, 지능이 낮지 않음에도 어거스타는 늘 그를 지체장애자를 대하듯 무시하거나 전혀 돌보지 않았다. 이러한 에드의 가족구성원은 시작부터 정상적인 것이 없는 듯 보였다.

에드의 어머니는 집안의 모든 일에 대한 주도권을 거머쥐고 있었다. 그녀는 생계와 아이들의 교육을 책임져야 했으며, 아무 짝에도 쓸모없는 남편을 끝없이 경멸했다. 이 예사롭지 않은 가정환경 속에서 어린 에드는 어머니로부터 깊은 영향을 받으며 성장했다. 그와 그의 형은 어머니가 정해놓은 엄격한 원칙에 따라 사람들과의 왕래는 물론, 특히 여성과의 교제를 금지당했다. '모든 여자는 악의 화신'이라고 믿었던 에드의 어머니 어거스타는 여성과의 접촉을 극단적으로 금지시켰다고 한다. 괴팍한 성격에 광신자였던 어거스타는 지극히 감정적이고 모욕적인 말들로 욕설을 퍼부으며 두 형제를 키웠다. 그녀는 아직 어린 에드와 헨리에게 혼전 성행위는 천상의 법을 거스르는 것이며 무거운 벌을 면치 못할 죄라고 가르쳤다.

그러나 '사악한 바깥세상'으로부터 두 아들이 오염되는 것을 애써 막아보려 했던 어거스타도 어린 아들들이 학교에 가는 것까지는 어쩔 수 없었다. 학교에서 에드는 읽기 부문을 제외한 대부분의 과

목에서 학습장애를 보였다. 수줍음 많고 말이 없던 에드는 같은 반 학생들에게 기괴하고 음산한 아이로 여겨져 아무와도 가까워질 수 없었다. 그러나 그의 어리고 단순한 영혼은 이미 어머니에게 지배되어 시도 때도 없이 자신을 때리는 사람일지라도 어머니는 언제나 옳은 사람이라고 굳게 믿고 있었다. 그만큼 어거스타는 그의 마음속에 성인(聖人)처럼 순결하고 신성한 존재로 각인되어 있었다.

에드와 비교해 볼 때, 형 헨리는 사리판단을 좀더 잘 할 수 있는 아이였다. 헨리는 커가면서 어머니의 비정상적인 교육방식에 반항하기 시작했다. 형의 그러한 태도는 에드로 하여금 그의 정직함과 꿋꿋함을 존경하도록 만들었다. 에드에게 자신의 인생에 있어 진정한 친구가 누구였는지 묻는다면 분명 기쁨과 슬픔을 함께했고 언제든지 의지할 수 있었으며 항상 자신을 보호해 주려고 노력했던 형, 헨리를 지목했을 것이다.

그러나 안타깝게도 형 헨리는 1940년 에드의 아버지가 죽고 4년 후에 그만 세상을 떠나고 말았다. 헨리의 죽음에 관해서는 많은 의문이 제기되고 있다. 경찰 기록에 따르면 헨리의 사인은 집 뒤의 풀숲에서 일어난 화재에 의한 사망으로 보고되어 있다. 그러나 사람들은 어거스타가 헨리의 잦은 반항을 잠재우기 위해 미리 손을 썼을 가능성을 배제하지 못했다. 혹은 에드가 어머니 어거스타의 사주에 복종하여 자신의 형을 죽였을 것이라는 추측도 있었다.

에드가 아버지와 형을 잇달아 잃은 후 어머니와 단둘이 지낸 시간은 그다지 길지 않았다. 1945년 어거스타는 두 차례의 중풍 발작을 일으켜 회복하지 못했고, 결국 에드는 혼자 남겨지게 되었다.

당시 에드의 나이는 39세였다. 어머니의 죽음은 그에게 큰 충격을 안겨주었다. 그런 그가 어머니에 대한 끝없는 사랑을 표현할 수 있는 유일한 방법은 바로 어머니의 유해를 원래의 자리에 남겨 두는 것이었다. 에드는 그녀가 죽은 후 방안의 작은 물건들조차 손대지 않고 그대로 굳게 문을 잠가 버렸다.

전문가들은 어머니의 유해를 땅에 묻지 않고 집안에 보관한 에드 기인의 행위를 '어머니가 자신과 함께 있는 듯한 느낌을 갖기 위함'이라고 해석했다.

살인마의 비밀 천국

가족들이 모두 세상을 떠나자 195에이커의 땅과 집은 순식간에 규칙도 속박도 없는, 에드 혼자만의 천국이 되었다. 그와는 정반대로 또 다른 피해자들에게 있어 이곳은 '무시무시한 속세의 지옥'으로 변해 가기 시작했다.

어머니에게서 세뇌식의 교육을 받아온 에드는 표면상 어떠한 이성과의 접촉도 없는 것으로 보였다. 그러나 그는 이미 아무에게도 들키지 않고 은밀하게, 인체(특히 여성의 신체)에 관한 공부를 시작한 상태였다. 인간의 몸은 에드에게 강렬한 호기심을 유발시켰다. 동시에 그는 2차 세계대전 당시 독일 나치가 유태인에게 자행한 실험에 관심을 갖기 시작했다. 어쩌면 그는 그때부터 거기에서 힌트라도 얻은 듯, 자신에게 실험용 인간이 제공된다면 직접 실험해 보고 싶다는 욕망에 휩싸이기 시작했다.

그는 여성의 인체에 대한 지식을 넓히고, 자기만족을 충족시키기 위해 의학서적은 물론 관련서적을 탐독하며 인체해부학과 표본 보존방법 등의 학문에 심취했다. 그러나 차츰 시간이 지나면서 그 어떤 책도 여성의 몸에 대한 에드의 집착을 만족시킬 수 없게 되었다. 심지어 그는 자신이 여자가 되고 싶다는 망상에 빠져 더 이상 헤어 나올 수 없는 지경에 이르렀다. 이 시기의 에드는 잠시 성전환수술을 고려하기도 했다고 한다. 그러나 당시의 성전환수술은 극히 위험했으며 비싼 가격이 부담되었던 에드는 하는 수 없이 다른 방법을 통해 자신을 여자로 만들 궁리를 하기 시작했다.

에드 기인은 자신을 여자로 만들 수 있는지에 대해 상당히 집착했다. 그리고 성전환수술을 할 수 없는 바에야 직접 시술할 수 있는 자신만의 '지하실험'을 택하기로 결심했다.

무시무시한 인체 실험

에드 기인은 자신이 여성의 오묘한 몸을 실험할 수 있는 유일한 방법은 직접 '여성의 몸'을 찾아 연구하는 것이라고 판단했다. 그는 온종일 집안에서 관련서적을 읽으며 변태적인 성적 환상에 빠져 지냈다. 어느 날 에드는 우연히 신문에서 불행하게 죽음을 당한 한 여인의 장례 소식을 접하게 되었다. 그녀의 시체는 그가 살고 있는 곳에서 멀지 않은 곳에 안장되어 있었다. 에드는 죽은 지 얼마 되지 않은 시체라면 실험하기에 매우 적합할 거라는 데 생각이 미치자 곧장 행동에 옮기기로 결심했다.

한시도 지체할 수 없었던 에드는 '의학실험'을 핑계로 이웃에 살고 있던 지능이 낮은 친구에게 도움을 청했다. 그들은 한밤중에 크고 작은 묘지 사이를 누비며 '사냥감'을 찾아다니기 시작했다. 조사에 따르면 1954년 중순경, 그가 도굴한 무덤은 최소한 40여 개를 웃돌았다고 한다. 그 10년 동안 에드는 여인의 시체가 묻힌 곳을 알아낸 다음, 달 밝은 날 밤 직접 도구를 챙겨들고 뉴스에서 보도된 장소로 향하곤 했다. 그들은 선택된 무덤을 파헤쳐 관을 열고 시체를 꺼내어 짊어지고 집으로 가져갔으며 어떤 시체에서는 비교적 '상태가 좋은' 기관만을 채취하기도 했다. 이 시기에 에드의 기이한 행동을 발견한 사람은 아무도 없었다. 에드는 무덤 도굴을 마친 후, 매번 무덤의 외관을 원래의 상태로 감쪽같이 복원해 놓았다.

에드에게 선택된 시체들은 곧 어딘가에 숨겨지거나 집안의 '일상용품'으로 바뀌어갔다. 에드가 시체를 처리하는 방법은 이랬다. 맨 먼저 그는 자신이 좋아하는 신체 부위를 골라 정교하게 절단하여 보관했다. 또 피부와 뼈를 조심스럽게 분리하거나 토막을 내기도 했으며 심지어 어떤 시체는 냉장고에 먹기 좋게 보관하기도 했다.

살인마 에드 기인은 시체들을 활용하여 세상에서 단 하나밖에 없는 개인 소장품을 만드는 데 자신이 터득한 온갖 기술을 발휘했다. 그 가운데서도 가장 변태적이고 비정상적인 '소지품'은 각기 다른 시체의 피부 부위를 모아 만들어진 '외투'였다. 그는 달밤에 그 독특한 가죽옷을 걸치고 자신이 여자라는 환상과 달빛에 도취되어 너울너울 춤을 추었다.

그러나 아무리 좋은 물건도 언젠가는 훼손되게 마련이다. 비록 에드는 시체 보존방법과 부패방지에 대해 이미 상당한 지식을 축적했을지라도 시체는 역시 시체일 뿐이었다. 그가 아무리 좋은 '물건'을 만들더라도 시간이 지나면서 그의 '일상용품'들에서는 역한 냄새가 풍겨 나왔다. 정신분열증을 앓고 있던 에드에게 죽은 시체로 만든 '물건'들은 이제 더 이상 만족을 주지 못했다. 이러한 그에게 살아 있는 신선한 육체에 대한 욕망은, 더 이상 막을 수 없는 유혹이었다. 결국 1954년의 12월 8일, 에드 기인은 자신의 사건기록에 남을 첫 번째 살인을 저지른다.

살인마의 등장

에드 기인의 첫 번째 피해자는 작은 술집을 운영하던 부녀자였다. 1954년 말 51세의 메리 호건은 아무런 이유 없이 자신의 술집에서 사라졌다. 실종 후 사건 현장에서 발견된 것은 바닥을 흥건하게 적신 핏자국과 32구경의 탄피 한 개뿐이었다. 경찰은 방대한 수사를 펼쳤으며, 한때 잠시 에드를 용의선상에 올리기도 했으나 정확한 증거를 확보하지 못한 관계로, 사건은 다시 미궁 속으로 빠져들었다.

당시 에드는 여전히 혼자만의 '꿈같은' 생활을 보내고 있었다. 사건 발생 몇 주 후, 에드의 이웃은 그와 대화 도중 메리 호건의 실종사건을 입에 올렸다. 그때 에드는 이렇게 말했다고 한다. "그 여자는 실종된 게 아니야. 바로 내 집에 있는 걸!" 웃지 못할 일은 그가 은연중에 자신의 범행을 실토했음에도 상대방은 그 말의 진의를 알아볼 생각조차 하지 못했다는 사실이다.

그 후 에드가 얼마나 많은 사람들의 목숨을 앗아갔는지 정확히 아는 사람은 아무도 없었다. 경찰당국은 신분조차 알 수 없는 많은 사람들의 시체로 제작된 생활용품들 중에서 어떤 것이 무덤을 도굴하여 가져온 것인지, 또 어떤 것이 에드의 손에 죽은 불행한 여인의 시체로 만들어진 것인지 도저히 알아낼 방법이 없었다.

1957년 11월 16일 발생한 두 번째 살인사건의 피해자는 버니스 워든이라는 58세의 철물점 주인이었다. 경찰 측은 앞서 발생한 메리 호건 실종 사건과 이 사건 사이에서 간과할 수 없는 유사점을 발견했다. 그것은 메리 호건과 버니스 워든의 실종 전, 마지막 고객이 바로 에드 기인이었다는 점이었다.

사건의 진상

철물점 여주인의 아들 프랭크(Frank)는 마침 그 지역의 보안관 대리로 근무하고 있었다. 보통 그는 매일 가게에 들려 어머니 대신 가게 일을 거들었다. 그러나 하필이면 버니스 워든이 실종되던 날, 프랭크는 몇몇 친구들과 함께 사냥을 가고 자리에 없었다. 어머니의 실종 사실을 알아차린 그는 어머니의 곁을 지켜주지 못한 자신의 잘못을 통탄하면서 반드시 범인을 잡고야 말겠다는 굳은 맹세와 함께 곧 의심이 갈 만한 모든 단서들을 모아 적극적으로 수사에 착수했다.

프랭크는 어머니가 실종 전 누구와 접촉했는지 추적하기 시작했다. 당시 사건발생 현장에서 발견된 현금출납기는 여느 강도 사건에서처럼 텅 비어 있었다. 그러나 프랭크는 풀리지 않는 몇몇 의문들에 비추어 자신의 어머니가 우연히 강도를 당했을 가능성은 배제시키기로 했다. 그 이유는 첫째, 사냥에서 돌아온 프랭크가 어머니의 점포에 들어섰을 때 가게의 문이 잠겨져 있었다는 점이었다. 만약 그것이 강도의 소행이라면 도주를 하면서 문을 잠그고 나갈 이유가 있었을까? 둘째, 프랭크는 그날 현금출납기에 41달러밖에 없었다는 사실을 알고 있었다. 단지 돈을 훔쳐가려는 의도였다면 굳이 사람까지 납치해 갈 이유가 있었을까? 또, 그것이 납치였다면 납치범은 왜 요구사항을 남기거나 가족들과의 연락조차 시도하지 않는가? 이렇듯 현장이 보여주는 단서들은 분명 면식범이 수사방향에 혼선을 주기 위해 낯선 강도의 소행으로 위장하려는 의도로 해석할 수밖에 없었다.

프랭크는 수사과정에서 당일 날 마지막으로 들어온 입금 전표를 확인했다. 거기에는 허약해 보이기만 하던 단골손님, 에드 기인의 이름이 적혀 있었다. 프랭크는 에드 기인을 떠올리자 자동적으로 모든 수수께끼가 한꺼번에 풀리는 듯했다. 에드 기인은 사건 하루 전날 점포에 들러 물건을 사고 나가기 전까지 프랭크와 사냥계획에 관한 이야기를 나누었다. 당시 에드는 계속해서 프랭크가 언제 사냥을 갈 것인지, 다음 날 오전에 가게에 나올 것인지 아니면 어머니 혼자 가게를 볼 것인지에 대해 반복해서 묻고 확인한 후에야 안심한 듯 가게를 떠났기 때문이다.

일단 수사방향이 정해지자 경찰당국은 곧바로 에드 기인이 살고 있던 집으로 프랑크와 함께 대원 전체를 출동시켰다. 그들은 모든 단서와 증거들이 에드의 계획적인 범행을 뒷받침해 주고 있다는 사실을 근거로, 우선 그를 체포한 다음 취조를 할 계획이었다.

경찰들이 에드의 농장에 들이닥쳤을 때, 그는 마침 한 장사꾼 부

✚ 경찰당국이 쓰레기더미 속에서 찾아낸 버니스 워든의 머리

부와 저녁 식사를 끝낸 후였다. 경찰을 본 에드는 순간 당황하고 의아한 기색을 보였다. 그러나 수사에 응해달라는 경찰의 말에 에드는 "철물점 사건 때문이라면 난 정말 아무것도 몰라요!"라며, 아직

공표도 하지 않은 사건을 입에 올림으로써 덜미를 잡혔다.

사건에 대해 공식 발표를 하기 전이었던 경찰들은 망설임 없이 에드에게 수갑을 채웠으며 두 팀으로 나눠진 경찰들 중 한 팀은 에드를 경찰서로 연행하고 나머지 한 팀은 현장에 남아 에드의 집을 수색했다. 안타깝게도 버니스 워든은 끝내 에드의 집에서 목이 잘려나간 시체로, 천장에 거꾸로 매달린 채 발견되었다.

살인마, 에드의 심리

"나는 단지 충동 때문에……" 에드는 이렇게 말문을 열었다.

이 사건은 당시 미국 전역을 뒤흔들어 놓았다. 사람들 사이에서는 에드의 무시무시한 인체실험 과정에서 살해된 사람이 몇 명이며, 도굴된 시체가 몇 구인지에 대한 추측이 난무했다. 그러나 실제로 도굴된 시체 외에 발견된 많은 유해 속에서 어느 것이 누구의 것인지는, 도저히 알아낼 도리가 없었다. 또한 피해자의 신분을 알아냈다고 하더라도 치밀하게 처리된 수십 구의 인체 기관들은 이미 수십 조각으로 절단되어 근본적인 조사가 불가능했으며 대조하기조차 힘든 상태였다.

어떤 이유에서 에드는 일반인으로서는 도저히 상상할 수조차 없는 끔찍한 범행을 저지른 것일까. 어쩌면 그 대답은 영원히 들을 수 없을 것이다. 그러나 에드의 행위는 분명 정상인으로서는 도저히 상상할 수 없는 것이며, 당시 그와 접촉한 범죄심리학자들과 정신과 전문의들도 그의 정신이상 상태에 고개를 내저을 뿐이었다.

후에 전문가들은 에드가 나이든 부녀자들을 목표로 삼은 점에 대하여 피해자들이 자신의 어머니의 모습을 담고 있었기 때문일 거라는 가능성을 제기했다. 또한 어머니를 몹시 사랑하던 에드의 마음 한편에는 자기 자신도 깨닫지 못한 원망과 증오가 잠재되어 있었을 것이라고 추측했다. 그러나 그가 살아 있는 사람의 몸으로 생활용품을 만들고 인간의 피부로 만든 옷을 입고 여자가 되는 것에 집착한 이유에 대해서는 누구도 확실한 해답을 찾을 수 없었다. 에드의 정신상태는 이미 의학적 소견으로써는 판별할 수 없는 지경에 처해 있었기 때문이다.

판사는 이러한 정황들을 근거로 살인마 에드 기인에게 '종신형'의 판결을 선고했으며, 에드는 1957년 성탄절에 워펀 정신병원(Waupun State Hospital)으로 보내졌다.

조용한 결말

피부 애호가였던 살인마 에드 기인의 이야기는 전대미문의 사건으로 기록되었다. 당연히 사건 발생 후 플레인필드시는 무수한 사람들의 호기심을 자아냈으며, '살인 농장'의 실체를 직접 눈으로 확인하기 위해 몰려든 사람들로 작은 마을은 곧 유명 관광지가 되었다. 그러나 그곳을 악의 화신이라고 굳게 믿고 있던 주민들이 에드 기인의 '지옥과 같은 집'을 깨끗이 불태워 없애 버림으로써 관광 열기도 그리 오래 가지는 못했다.

에드 기인은 죽는 날까지 정신병원에 수용되어 있었다. 그는 1984년 7월 28일, 멘도타 주립 정신병원(Mendota State Hospital)에서 암으로 사망했다. 당시 그의 나이는 78세였다.

많은 이들이 에드의 말로를 지극히 행복한 결말이라고 여기고 있다. 필경 그의 범죄 행위는 그가 정신이상으로 판명되지만 않았어도 마땅히 사형에 처해져 십팔지옥(十八地獄)에 떨어져야 했다.

결국 사람들은 살인마 에드 기인을 단지 '미치광이'라는 네 글자로밖에 표현할 수가 없었다. 이 글을 읽고 있는 당신은, 과연 아직도 영화가 현실보다 더 무섭다고 생각하는지…….

살인분석 _ Case File No.2

알버트 피쉬 (Albert Fish)

1930년대 뉴욕에서 발생한 아동 식인 살인사건은
한 변태적인 노인의 단독범행이었다.
범죄 수법: 유괴, 학대, 살해, 살해 후 죽은 아이들의 시체를 삶아 먹음.

killer profile

- **이름** _ 알버트 피쉬Albert Fishi
- **별명** _ 월광(月光)의 미치광이 살인자, 위스테리아Wysteria의 위협자, 브룩클린의 흡혈귀, 어둠의 그림자
- **출생** _ 1870년 5월 19일
- **사망일** _ 1936년 1월 16일 미국에 있는 한 교도소의 전기의자에서 사망함
- **습성** _ 아동 성욕자, 연쇄살인, 학살 후 사체 분리, 아동 식인, 자학광
- **범죄시기** _ 1910년~1934년
- **범죄발생지** _ 뉴욕을 비롯한 미국 각지
- **희생자수** _ 최소 15명의 어린아이가 그의 손에 살해되었으며 백 명에서 3백 명의 아동에 대한 성범죄가 행해졌다고 추정됨

알버트 피쉬. 그는 범죄 역사상 유일한 식인 살인마는 아니었다. 그러나 그는 나이가 들어 가장 뒤늦게 체포된 아동 식인 살인마다.

만약 사악한 마음이 한 사람의 외적인 모습에 영향을 미친다고 한다면 알버트 피쉬의 탄생은 하나님이 좋은 사람과 나쁜 사람에 대한 인간의 판단력을 실험한 것이라고 해야 할 것이다.

알버트 피쉬는 사람들의 동정심을 쉽게 얻을 수 있는 그런 노인의 모습을 하고 있었다. 그의 얼굴에는 노랗게 바래가는 흰 수염과 세월의 흔적이 축적된 주름이 가득했다. 그는 깊고 공허한 눈을 가지고 있었으며, 여윌 대로 여윈 몸은 바람만 불어도 날아갈 듯했다. 그의 고독한 뒷모습은 마치 "나는 개미 한 마리 죽이지 못하는 무고한 노인이오"라고 말하고 있는 것 같았다.

이처럼 선량하고 악의라고는 없을 것 같은 알버트 피쉬는 매우 단조로운 생활을 하고 있는 예의바른 사람이었다. 그는 겉모양으로만 봐서는 그저 길을 건널 때 사람들의 부축을 받아야 할 것 같은 노인일 뿐이었다. 그런 그에게 의심과 경계심을 가질 사람이 과연 있을까?

어느 날 찾아온 '행운'

1928년 5월 25일, 에드워드 버드(Edward Budd)라는 한 젊은 청년은 일요일판 신문의 구직광고에 자신을 추천하는 간단명료한 글을 남겼다.

"18세 소년입니다. 농장 일자리 구합니다. — 에드워드 버드, 15번가 406번지."

일자리를 찾아 가계를 도우려 했던 에드워드는 당시 뉴욕의 다른 청소년들과 마찬가지로 바깥세계에 대한 꿈과 희망으로 가득 차 있었다. 무엇보다 젊고 건장한 그가 가장 바라 마지않던 것은 바로 적절한 기회를 찾아 자신의 일을 갖는 것이었다.

광고를 게재하고 3일 후, 자신을 프랭크 하워드(Frank Howard)라고 소개한 한 노인이 버드의 집을 방문했다.

에드워드의 어머니 델리아(Delia)는 대략 60대로 보이는 그 노인에게 친절히 인사를 한 후 방문 이유를 물었다. '프랭크'는 에드워드의 광고를 보고 찾아왔다고 밝혔다. 그 말을 들은 델리아는 속으로, 어쩌면 자신의 아들 에드워드가 그토록 기다리던 좋은 기회가 온 것이라고 생각했다. 그녀는 곧 5살짜리의 딸을 시켜 이웃에 가 있는 오빠를 불러오도록 시켰다. 프랭크는 델리아의 조금도 소홀함이 없는 행동에 감사의 뜻으로 선뜻 5달러를 건넸다.

자신의 광고를 보고 찾아온 손님이 있다는 말에 흥분한 에드워드는 한달음에 집으로 달려왔다. 잔뜩 기대에 찬 에드워드는 한시라도 빨리 이 고용주에 대해 알고 싶었다. 프랭크 하워드는 젊은 에드워드에게 간단한 자기소개를 시작했다. 그는 자신이 롱아일랜드(Long Island)에서 왔으며 젊었을 때는 줄곧 실내장식가로 일했고 퇴직 후에는 농지를 사들여 운영하고 있다고 했다. 그러나 성장한 여섯 명의 자식들이 각자의 일들로 바빠지자 갑자기 일손이 필요해져 젊고 성실한 사람을 고용해 농장관리를 맡기려 한다고 말했다.

급하게 일자리를 찾고 있던 에드워드에게 '프랭크'의 말은 지극히 타당하고 간곡하게 들리기까지 했다. 거기에 덧붙여 프랭크는 농장에서의 단순한 작업 내용과 높은 급여에 대해 설명했고 이것은 가난에 허덕이던 에드워드의 가정에 그야말로 더할 나위없는 선물이었다. 또한 델리아는 하워드의 다정한 태도에 안심하고, 아들이 좋은 고용주를 만난 것에 기쁨을 감추지 못했다. 그들은 서로 일을 시작할 시기에 대해 이야기를 나눈 후 에드워드와 그의 어머니는 마음씨 좋은 노인의 가는 길을 배웅하며 한편으로는 오랜만에 깃든 이 행운을 오늘 밤 어떻게 자축할 것인지에 대해 골몰하고 있었다.

예고 없이 나타난 위기

눈 깜짝할 사이 일주일이 지나갔다. 프랭크 하워드는 약속한 날짜에 신선한 딸기와 팟치즈(pot cheese)를 들고 다시 버드의 집을 방문했다. 그는 가지고 온 선물을 델리아에게 건네며 자신의 농장에서 직접 생산된 최상품이라는 말을 잊지 않았다. 선물에 기분이 좋아진 델리아는 아들의 새 고용주를 보자, 그를 온 가족이 식사하는 자리에 초대하여 점심을 대접하였다. 이제까지 정식으로 인사한 적이 없었던 에드워드의 아버지 알버트는 그때 처음으로 프랭크와 인사를 나누었으며 그를 매우 친절하게 맞아 주었다. 이어 화목하고 유쾌한 분위기가 이어졌다. 열여덟 살 에드워드의 미소 뒤로,

✚ 납치 당시의 어린 그레이스

그의 네 명의 동생들도 한 명 한 명 식탁 앞으로 모여들었으며 그들은 한시라도 빨리 이 친절한 할아버지에 대해 알고 싶어했다. 그들은 이런저런 이야기를 나누며 풍성한 점심 식사를 마음껏 즐겼다. 그러나 식사를 하는 내내 하워드는 에드워드의 10살짜리 여동생 그레이스(Gracie)에게서 눈길을 뗄 수가 없었다. 그만큼 그레이스는 유독 눈에 띄는 매우 귀엽고 예쁜 소녀였다.

마침 교회에서 돌아온 그레이스는 단정한 정장차림을 하고 있었다. 그녀의 희고 보드라운 얼굴과 발그레한 입술은 마치 동화 속에서 뛰쳐나온 어린 공주 같았다. 모든 사람들이 그녀의 어여쁜 모습을 볼 때마다 볼을 살짝 꼬집어 주고 싶은 생각이 들 정도였다. 그러나 이때 하워드에게 든 생각은 조금 다른 것이었다. 그는 누구보다 더욱 그녀를 '깨물어 주고 싶은, 억누를 수 없는 충동'을 갖게 되었다.

기분 좋게 점심 식사를 마친 하워드씨는 가볍게 감사의 뜻을 전한 후 급하게 처리해야 할 일로 두 시간 후에 다시 와서 에드워드를 데리고 농장으로 가겠다고 말했다. 그는 다시 한 번 버드 가족에게 감사의 인사를 전하고 떠날 준비를 했다. 그러나 그는 문을 나서려는 순간 마치 갑자기 중요한 일이 생각난 듯 뒤돌아 버드 부부를 바라보며 또 잠시 망설이다가 다시 온화한 표정으로 자신이 주저한 이유를 말하기 시작했다. 사실 그는 조카딸의 생일파티에 가기로 했던 것을 하마터면 잊을 뻔했다며 마침 식사 도중 그 생각이 떠올라 그곳에 다녀오려던 길이라고 설명했다.

곧이어 그는 델리아에게 그레이스가 자신의 조카딸과 비슷한 나이 또래라며, 조카딸의 생일파티에 그레이스가 같이 가고 싶어할지 묻고 싶다고 했다. 버드 부부에게 노인의 제안은 선의의 초대로만 들렸다.

“이제까지 한번도 밖에서 제대로 놀게 해준 적이 없으니, 파티에서 좋은 시간을 보내게 하는 것도 괜찮겠지.”

이렇게 생각한 부부는 곧 하워드의 제안을 받아들였다. 흥분한 그레이스는 아빠 엄마가 허락의 뜻으로 고개를 끄덕이자 아무 의심 없이 노인의 손을 잡았다. 천진난만한 소녀는 한시라도 빨리 이 할아버지를 따라가 새로운 친구를 만나보고 싶어했다. 이렇게 해서 버드 부부는 선량한 노인이 자신의 집을 나서며 손을 흔드는 모습과 조금 후에 있을 생일파티에 잔뜩 기대하고 있는 딸의 모습이 멀어져 가는 것을 기쁜 마음으로 바라보고 있었다.

영원히 사라진 미소

그리고 그날은 버드 가족이 아름다운 그레이스를 본 마지막 날이 되었다.

버드 부부는 자신의 어린 딸이 낯선 노인을 따라 집을 떠나고 한참 후에야, '프랭크 하워드'라는 사람이 가공의 인물임을 알게 되었다. 프랭크 하워드라는 사람은 존재하지도 않았으며, 그가 말한 농장도 당연히 거짓이었다. 그는 마치 유령처럼 나타나 좋은 사냥감을 물색한 다음 감쪽같이 사라져 버렸다.

그 후 이어진 버드 일가의 생활은 일순 끝나지 않는 악몽이 되어 버렸다. 하지만 경찰 측은 범인이 남긴 미미한 단서만으로는 더 이상 수사를 진행시킬 방법이 없었다. 그레이스 유괴사건은 곧 전국적으로 알려져 모든 사람들이 가장 관심을 갖는 뉴스거리가 되었다. 그러나 수많은 언론매체에서 대대적인 보도를 하고 국민들의 적극적인 제보와 자체 조직된 민간단체의 도움 등, 모든 노력에도 불구하고 사건은 여전히 아무런 진전도 보이지 않았다. 버드 일가는 수차례의 경찰 신문을 받아야 했으며 계속해서 언론에 시달려야 했다. 그들은 어디를 가든, 혹은 신문을 펴거나 라디오를 틀 때마다 그들의 사랑하는 딸 그레이스가 이미 세상에 없다는 참담한 사실을 새삼 느껴야만 했다.

모두가 간과한 사실

경찰들은 의심이 갈 만한 모든 단서를 쫓아 밤낮없이 그레이스의 실종사건을 수사했으나 명확한 증거를 찾을 수가 없었다. 게다가 목격자인 버드 일가가 언급하고 있는 기이한 노인의 신분에 대해서는 더더욱 수사할 방도가 없었다. 사건은 점점 교착상태에 빠져들어 가는 동시에 얼마간의 신비감마저 갖게 되었다.

1년 전 뉴욕에서도 한 어린이가 온데간데없이 사라진 실종사건이 발생했었다. 1927년 2월 11일 4살밖에 안 된 빌리 가프니(Billy Gaffney) 역시 '콧수염 할아버지'에게 유괴되었다. 당시 빌리는 이웃에 사는 두 명의 어린 이웃친구와 집 앞에서 놀던 중 잠시 한눈을 파는 사이 감쪽같이 사라져 버렸다. 당시에도 방대한 경찰 인력이 동원되어 수사를 펼쳤으나 아무런 단서도 찾지 못했다.

사건 발생 당일 빌리와 놀던 세 살배기 아이는 사건 후 자신의 부모에게 '이상한 회색 할아버지'가 빌리의 손을 잡고 갔다고 말했으나 안타깝게도 경찰 측은 어린 목격자의 증언을 귀담아 듣지 않았다. 그들은 그것을 단순히 참고할 가치가 없는 어린아이의 말일 뿐이라고 여긴 것이었다.

비슷한 사건은 이것만이 아니었다. 1924년 7월 스태튼 섬에서 여덟 살 난 프랜시스 맥도웰(Francis McDonnell)도 수염을 기른 한 노인에게 납치된 사건이 있었다. 당시 프랜시스는 자신의 집 앞에서 놀고 있었고, 그의 어머니는 멀지 않은 곳에서 갓난아이를 안고 앉아 있었다. 그때 그녀는 길모퉁이 근처에 서서 '자신의 아들을 유심히 쳐다보고 있는 이상한 노인'을 발견했다. 그녀는 노인의 모습을 이렇게 회상했다.

"하얀 머리에 하얀 수염을 기른 사람이었어요. 왠지 겉모습부터 음산한 느낌을 받았어요. 그는 주먹을 꽉 쥐었다 폈다를 반복하면서 입 속으로 계속 뭐라 중얼거리고 있었어요."

그 노인은 프랜시스의 엄마가 자신을 주시하고 있다는 사실을 알아채자, 마치 잠시 무언가 생각난 듯한 표정을 지어보이며 조용히 사라졌다. 그러나 얼마 지나지 않아 그 노인은 다시 그곳으로 돌아왔다. 그리고 이번에는 프랜시스가 다른 네 명의 아이들과 공놀이하는 것을 '견학'하기 시작했다. 그는 다른 사람들이 프랜시스를 보고 있지 않는 틈을 타, 프랜시스가 자신의 곁으로 오게 했다. 그때 한 이웃 사람은 그가 아이와 몇 마디인가를 주고받은 다음, 프랜시스가 이 노인을 따라 근처의 숲 속으로 가는 것을 목격했다고 한다. 그러나 그것은 사람들이 프랜시스가 살아 있는 것을 본 마지막이 되었다.

경찰이 프랜시스의 시체를 발견했을 때 범인은 이미 흔적도 없이 사라진 후였다. 불쌍한 프랜시스의 시신은 숲 속에서 잡풀과 나뭇잎에 덮여 있었다. 경찰은 프랜시스가 죽기 전 극도의 학대와 공포를 겪었음을 한눈에 알 수 있었다. 어린 프랜시스의 얼굴은 맞아서 알아볼 수 없을 만큼 피멍이 들어 있었고, 옷은 전부 발가벗겨져 있었다. 프랜시스는 자신이 매고 있던 멜빵으로 목이 졸려 죽임을 당한 것으로 보였다. 프랜시스의 시체는 차마 눈 뜨고 볼 수 없을 만큼 참담하게 훼손되어 있었다. 경찰들은 수척하고 음산해 보이는 노인이 무슨 수로 이 같은 범죄를 저질렀는지 의심하지 않을 수 없었다. 그들은 분명 다른 일당이 범행을 도왔을 것이라고 믿어 의심치 않았다. 만약 그렇지 않다면 범인은 분명 수사에 혼선을 주기 위해 노인으로 변장했을 것이라고 생각했다.

당시 프랜시스 살인사건은 적극적인 수사로 많은 용의자들을 검거하게 되었다. 그러나 애초부터 범인이 노인으로 변장했을 것이라는 판단 착오하에 진행된 수사는 결국 용의자들이 하나 둘 풀려나게 되면서 미해결 사건으로 남게 되었다.

지옥에서 온 편지

1934년 11월 12일 그레이스가 실종된 지 6년이라는 긴 시간이 지난 어느 날, 그레이스의 부모는 한 통의 편지를 받게 된다. 그 편지는 결국 언젠가는 그레이스를 찾을 수 있을 거라는 가족들의 마지막 희망을 송두리채 빼앗아갔다. 뿐만 아니라 편지의 내용은 그들로 하여금 오랜 세월 악몽에 시달리게 했다.

"친애하는 버드 여사에게.

1894년 선원이었던 제 친구, 존 데이비스는 타코마호를 타고 샌프란시스코를 떠나 중국 홍콩에 도착했습니다. 친구는 두 명의 동료와 함께 배에서 내려 근처 마을에서 술을 마셨습니다. 그러나 뜻하지 않게도 그들이 항구로 돌아왔을 때, 배는 이미 출항하고 난 후였습니다.

당시의 중국은 심한 기근 속에서 허덕이고 있었습니다. 그곳에서는 모든 육류가 1파운드에 1달러에서 3달러 정도로 팔렸습니다. 굶주림에 헐벗은 사람들은 심지어 열두 살이 안 된 아이들의 인육(人肉)을 사고 팔 정도로 기근은 극한 지경에 이르렀습니다. 때문에 열네 살 미만의 소년 소녀들이 밖으로 나오는 것은 위험천만한 일이었습니다. 어느 가게를 가나 스테이크, 갈비, 스튜용 고기를 주문하면 가게 주인은 곧 누구인지 알 수 없는 남아 혹은 여아의 신선한 인육을 들고 나와 어느 부위를 원하는지 물어보고 직접 선택할 수 있게 해주었습니다. 남녀 어린아이들의 엉덩이 살은 그 중 가장 부드럽고 맛있는 부위였으므로 가게 주인은 이것을 얇게 저미거나 스테이크용으로 잘라 가장 비싼 가격으로 팔았습니다.

그곳에서 그렇게 인육에 길들여진 존은 뉴욕으로 돌아와서도 두 명의 남자아이를 훔치게 되었습니다. 그들은 일곱 살과 열한 살 아이들이었습니다. 존은 그들을 집으로 데리고 간 다음, 옷을 벗겨 옷장에 묶어 두고 옷은 모두 불태워 없애 버렸습니다. 존은 고기의 육질을 맛있게 손보기 위해 하루 동안 소년들을 때리고 학대했습니다. 먼저 존은 열한 살짜리 소년을 죽였습니다. 물론 그것은 소년의 엉덩이 살이 신체 부위 중 가장 맛좋게끔 통통하게 살이 올라 있었기 때문이었습니다. 존은 사내아이의 머리와 뼈, 내장을 제외한 나머지 부위를 모두 먹어치웠습니다. 사내아이의 신체 부위는 오븐에 넣어져(엉덩이를 통째로) 구워진 다음, 불에 굽거나 혹은 튀겨지고 혹은 푹 삶아져서 남김없이 존에게 먹혔습니다. 이어서 그는 다음 차례가 된 작은 소년도 같은 방식으로 처리했습니다. 그 시기에 나는 존의 집에서 가까운 100번가 409번지에 살고 있었고, 그는 항상 저에게 인육이 얼마나 맛있는지에 대해 귀뜸해주곤 했습니다. 결국 나는 직접 맛을 보기로 결심했습니다.

1928년 6월 3일 어느 일요일, 나는 신선한 딸기와 치즈를 가지고 당신의 집에 손님으로 초대되어 갔습니다. 우리가 함께 점심을 먹고 있었을 때, 그레이스는 내 무릎에 앉아 나의 뺨에 키스를 해주었습니다. 나는 그 순간 그녀를 먹어야겠다고 결심했습니다.

내가 그녀를 파티에 데려가겠다는 핑계를 댔을 때, 당신은 그러도록 허락해 주었습니다. 나는 그녀를 데리고 웨스트체스터(Westchester)의 빈 집으로 데리고 간 다음, 그녀가 밖에서 꽃을 따며 노는 동안 위층으로 올라가 옷을 모두 벗어 버렸습니다. 그렇게 하지 않으면 따님의 피가 내 옷에 묻을 테니까요.

나는 창가에서 그녀를 불러 올라오도록 했습니다. 그동안 나는 옷장 안에 숨어서 그녀가 방으로 들어오는 것을 기다렸습니다. 그녀는 방안으로 들어와 발가벗은 저를 발견하고, 온몸이 얼어 붙은 듯 꼼짝 않고 서서 갑자기 울음을 터뜨리더니 뒷걸음을 치며 도망가려고 했습니다. 내가 붙잡았을 때, 그레이스는 엄마를 부르며 끊임없이 울부짖었습니다.

먼저 나는 그녀의 옷을 발가벗겼습니다. 그녀는 발로 차고 깨물고 할퀴기를 멈추지 않았습니다. 나는 있는 힘껏 그녀의 목을 졸라 죽였습니다. 나는 그녀를 작게 토막내었습니다. 그렇게 해야만 내 집으로 가져가 먹을 수 있었으니까요. 그녀의 맛있는 엉덩이 살은 오븐에 넣어 구어져 적당히 요리되자 정말 부드럽고 맛있는 육질의 고기로 변했습니다. 나는 아흐레 동안 조금도 남김없이 그녀를 모두 먹어치웠습니다. 비록 나는 할 수도 있었지만 그녀의 어린 몸을 유린하지는 않았습니다. 따님은 죽을 때까지 처녀였습니다."

편지 속의 단서

범인이 보낸 것이 확실한 이 편지는, 버드 일가가 오랜 시간 품어온 희망을 산산조각 내기에 충분했다. 경찰 측은 더욱이 이 단서를 가볍게 여길 수 없었다. 경찰 측은 편시 위에 찍혀 있는 오각형의 문양에서 N.Y.P.C.B.A(뉴욕 드라이버 협회)라는 알파벳 이니셜이 찍혀 있는 것을 발견했다. 이 주소지를 근거로 경찰들은 탐문 조사를 실시했다. 협회의 편지봉투와 편지지를 사용한 직원을 대상으로 수사를 펼치던 경찰들은 협회의 젊은 직원 하나가 그것을 자신의 집으로 가져가 사용한 적이 있으며, 자신과 같은 건물에 사는 사람에게 빌려준 적이 있었다는 진술을 받아냈다. 경찰은 곧 집주인에게 확인하여, 그 집에 살던 전 주인의 이름이 알버트 피쉬임을 알아냈다. 그가 바로 경찰들이 오랜 시간 찾아 헤매던 '프랭크 하워드'였다.

악마의 본색

1934년 12월 13일 그레이스 버드 살인사건은 결국 공식적으로 종결되었다. 알버트 피쉬는 체포될 당시 집에서 자신이 마실 차를 준비하고 있었다. 그러나 경찰에 포위된 흉악범은 체중 65kg에 키 1미터 60을 넘지 못하는 노인에 불과했다. 그는 선량하고 아무런 공격성도 없어 보이는 외모 속에 피비린내 나는 잔인하고 극악무도한 사건들을 감추고 있었다. 사건의 진상은 살인범의 자발적인 진술에 의해 낱낱이 밝혀졌다. 그의 변태적인 행위는 전문가와 의사들조차 이해할 수 없었으며, 그의 범행들은 잔인함을 넘어서 대중에게 모두 공개할 수 없을 정도였다. 알버트 피쉬는 자신이 직접 죽여 잡아먹은 무고한 아이들이 몇 명이었는지 기억할 수 없다고 대답했다. 자신과 똑같은 인간에게 이 같은 일을 자행한 이유를 묻자, 그는 가장 악마다운 대답을 내놓았다.

"나는 흡혈귀처럼, 피를 마셔야 하는 충동을 갖고 있는 사람이라우."

사실 알버트 피쉬는 1903년에 절도사건으로 한동안 수감된 적이 있었다. 그 후에도 자질구레한 사건으로 자주 경찰의 이목을 끌었으며, 그때마다 절도사건이나 음란편지 발송 건으로 체포되었었다. 그가 체포되었던 시기는 모두 그레이스 버드가 실종된 해와 같았다. 다시 말해 경찰은 몇 번이나 이 식인 살인마와 접촉할 기회를 갖고 있었으면서도 모르고 지나쳤던 셈이다.

알버트 피쉬는 어려서부터 문제아였다. 1870년 5월 19일 태어난 그는 어린 나이에 아버지를 여의고 고아원으로 보내졌다. 그가 아홉 살이 될 때까지 고아원에서 보낸 날들은 성장 후 그의 빗나간 인격 형성에 큰 영향을 미친 것으로 나타났다. 당시의 고아원들은 아이들을 매우 엄하게 다스렸으며 말을 잘 듣지 않는 아이들은 바지를 벗겨 인정사정없이 채찍질을 당해야 했다. 그는 고아원에서 생활하는 동안 바깥사람들이 차마 상상할 수 없는 어두운 일들을 목격했다고 실토했다. 도대체 그곳에서 무슨 일이 있었던 것일까. 어쨌든 그는 그때부터 자신이 조금씩 고통을 즐기기 시작했음을 인정했다. 그는 다른 아이들이 매를 맞으며 울고 소리치는 것을 보며 흥분을 느꼈고, 다음 차례의 채찍이 자신의 엉덩이에 내리꽂히는 쾌감을 기대하게 되었다고 회고했다.

어려서부터 변태적 환상을 가져왔던 그에게 정신병원에 수용된 병력이 있었다는 사실은 하나도 이상할 것이 없었다. 안타까운 사실은 정신병원의 치료도 그의 병력에 아무런 도움이 되지 못했다는 사실이다. 당시 여러 전문가와 의사들은 알버트의 이상심리를 어떻게도 분류할 수 없을 만큼, 심각한 상태라고 진단하고 있었다.

과연 알버트의 정신병 증세를 일찍 발견하지 못한 것이 무고한 아이들의 목숨을 죽음으로 몰고 간 주원인이라고 할 수 있을까? 그 누구도 이 질문에 흔쾌한 답을 내릴 수는 없을 듯하다.

진상의 재현

아동 식인 살인마가 체포되자 그와 관련된 모든 사건의 전말이 속속 밝혀지기 시작했다. 그가 어린아이들을 유괴한 방법이나, 또는 어떤 계획으로 어떻게 범행을 진행시켰는지 등의 잔혹한 범행 수법들이 하나 둘씩 세상에 공표되었다. 먼저 알버트 피쉬는 열여덟 살 청년 에드워드 버드를 찾아간 사실을 솔직하게 시인했다. 그는 에드워드를 인적이 드문 곳으로 유괴할 계획이었다. 심지어 그를 감금한 다음 생식기를 잘라 산 채로 피를 흘려 죽일 것까지 미리 마음속으로 계획해 놓고 있었다.

알버트 피쉬는 처음 버드 일가의 집을 방문한 후 흥분된 마음으로 고기 써는 칼, 톱, 도살용 칼과 같은 '해부' 도구를 구입했다. 그는 이것들을 수건으로 조심스럽게 감싼 다음, 다음 날 쉽게 찾아갈 수 있도록 버드 일가의 집 근처에 있는 우체통 뒤에 몰래 숨겨 놓았다.

알버트 피쉬는 당시의 심경을 경찰에 털어 놓으면서 자신의 경험상, 에드워드처럼 젊고 건장한 몸에는 필히 모든 공구가 완전히 준비되어야만 '일을 순조롭게 진행할 수 있을 것'이라고 판단했다

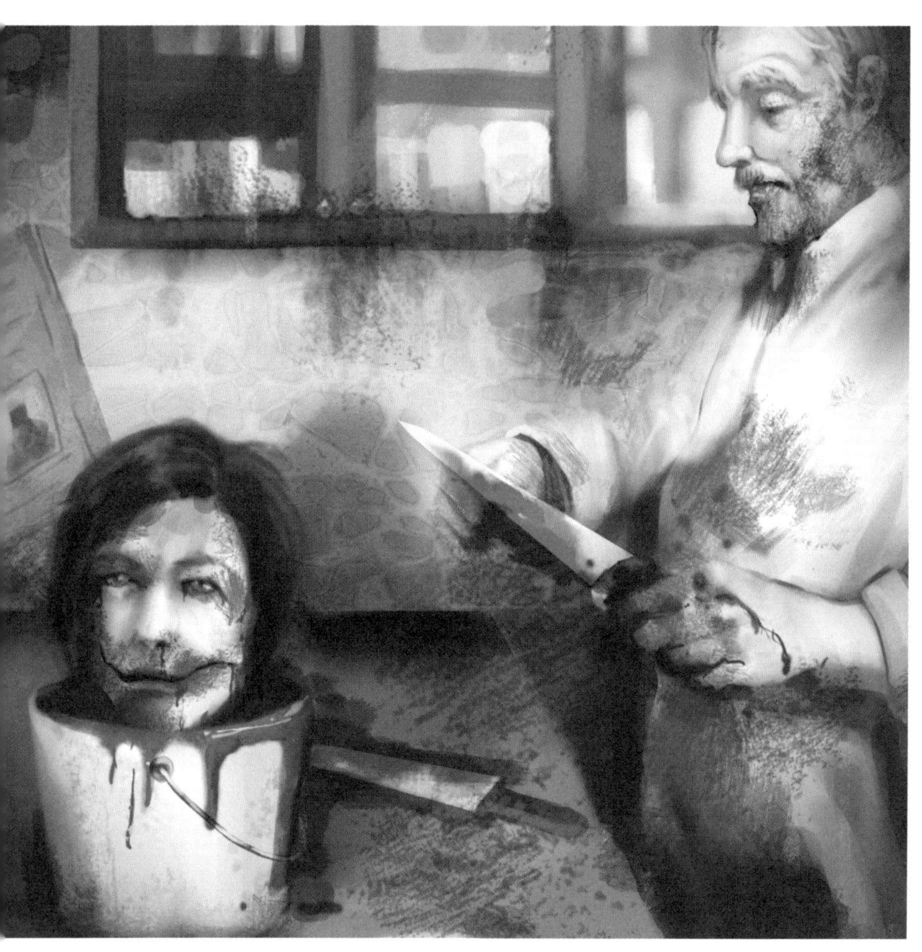

✚ 알버트 피쉬의 요기거리가 되어 버린 그레이스

고 누차 강조하듯 말했다.

그러나 하늘의 장난인 양 뜻하지 않은 일이 일어났다. 알버트 피쉬는 아름다운 그레이스를 보는 순간 목표물을 바꾸기로 결정한 것이었다. 에드워드는 자신의 여동생이 자기를 대신해 식인 살인마에게 며칠 간의 요리가 되리라고는 꿈에도 생각하지 못했다.

사건 발생 당일 파티를 핑계로 천진난만한 그레이스를 속여 함께 집을 나선 알버트는 침착하게 부근의 우체통 뒤에 숨겨놓은 도구를 챙겨들고, 어린 소녀를 데리고 기차역으로 향했다. 알버트는 자신을 위해 왕복 기차표를 샀으며 그레이스에게는 편도 기차표를 사 주었다. 그레이스가 가는 곳은 다시는 돌아올 수 없는 곳임을 그는 이미 알고 있었다.

아이러니하게도 알버트가 기차에서 내리면서 변태적 환상에 도취되어 자신의 중요한 공구들을 두고 내릴 뻔하자, 그레이스가 이를 일깨워 주었다.

"할아버지! 가방 갖고 오시는 거 잊으셨어요!"

그 후에 벌어진 일들은 그가 편지에서 언급한 것과 같았다. 그레이스가 처음 알버트의 발가벗은 모습 앞에 멈춰 섰을 때의 첫 반응은 엄마를 부르며 구원해 주기를 부르짖는 것이었다. 알버트는 빠르게 그녀에게 다가가 가냘픈 여자아이의 발버둥치는 요동이 사라질 때까지 한 손으로 있는 힘껏 그레이스의 목을 조였다. 그는 그레이스의 생명이 서서히 그녀의 몸에서 빠져 나가는 것을 느꼈을 때, 전에 없는 성적 흥분을 느꼈다.

"그레이스의 목을 페인트 통 위에 올려놓은 다음, 나는 한 칼에 그녀의 목을 베었습니다. 그녀가 흘린 신선한 피는 페인트 통 안으로 흘러 들어갔지요. 나는 먼저 그 목 없는 여자아이의 옷을 벗기고, 야채 칼과 고기 써는 칼로 그녀의 몸을 두 동강으로 잘라냈습니다."

그는 마치 가정주부가 자신이 가장 좋아하는 음식의 조리방법을 묘사하듯이, 침착하고 여유 있게 한 여아를 자신의 식탁 위에 놓일 특제음식으로 만든 과정을 설명했다.

알버트는 그레이스 '고기'의 일부를 신문지에 잘 싸서 자신의 집으로 가져갔고, 나머지 잔해들은 며칠 후 그가 다시 돌아올 때까지 빈 집에 남겨 두었다가 공구들과 함께 옆집 담벼락 밖으로 던져버렸다.

그는 계속된 진술과정에서 아무런 정서적 변화도 보이지 않았다. 심지어 당시 그레이스의 시체를 버린 곳에서 경찰들이 흙을 파내는 모습을 직접 바라볼 때조차 그는 무표정으로 일관했다. 다만 '요리' 과정을 묘사할 때만은 즐거운 나머지 몽상에 젖은 듯한 표정을 짓곤 했다. 그러나 수사관이 이런 일을 자행한 이유를 취조하자 그는 이렇게 대답했다.

"저 역시 이해할 수가 없어요. 일을 마치고 나면 창피해서, 심지어 저 자신을 죽여서라도 이 비극을 되돌리고 싶은 심정이었어요."

참혹한 살인, 그리고 진술

"적어도 몇백 명은 죽었지요, 아마……."

알버트 피쉬는 동일한 범죄 장소에 오랜 시간 체류하지 않았으며, 자신의 주 범행 대상은 '흑인 어린이'였다고 했다. 그 이유는 경찰이 '그들의 죽음에 크게 연연해하지 않는다고 생각했기 때문'이라고 순순히 자백했다.

"나는 내가 옳은 일을 했다고 생각해요. 만약 내가 잘못을 했다면 하나님이 나의 살인을 방관하지만은 않았겠죠."

알버트는 자신이 하나님의 뜻에 따라 세상의 어린이들을 학대하고 해부했다는 절대적 믿음을 갖고 있었다.

그는 사건의 전말을 처음부터 끝까지 세세하게 실토하며 천진무구한 어린아이 '고기'를 어떻게 처리했는지, 마치 학생을 가르치듯이 차분히 진술했다.

"빌리 카프니 같은 경우에는 먼저 빈 집으로 데리고 가서 옷을 모두 벗기고 손발을 묶어 더러운 걸레로 질식시켜 죽였지요. 그런 다음 옷은 태우고 신발은 버렸습니다. 그리고 다음 날 공구를 챙겨 다시 그곳으로 돌아가 아이를 요리했지요. 나는 내가 차고 있던 혁대로 아이의 엉덩이에서 피가 다리까지 흐르도록 채찍질하고 코와 귀를 잘라냈습니다. 그리고 양 입끝에서 귀까지 칼로 베었습죠. 나는 아이의 눈을 파내고 죽은 아이의 복부에 칼을 쑤셔 넣은 다음 소년의 몸에 입을 갖다 대고 상처에서 흘러나온 피를 마셨습니다.

빌리의 팔다리는 잘라서 돌덩이와 함께 포대에 넣어 강에 던져 버렸습니다.

집으로 돌아와 빌리의 엉덩이를 오븐에 넣어 놓고, 얼굴에서 잘라낸 코와 귀에는 양파와 포도주, 샐러리, 후춧가루, 소금을 넣고 맛있는 '스튜'를 만들었습니다. 정말 맛있었다고 밖에 표현할 말이 없군요.

두 시간 후에는 오븐 속의 빌리 고기가 적당하게 익어서 부드럽고 육즙이 잘잘 배어 나올 정도로 탄력이 생겨 씹을 때 맛이 기가 막혔습니다. 이제까지 먹어봤던 그 어떤 음식보다 몇만 배는 맛이 좋았다니까요!"

알버트는 자신의 살인 과정을 묘사할 때 눈에서 일종의 기괴한

빛을 발산하고 있었다. 정신과 의사는 알버트의 사고방식과 그의 정확하고 세부적인 사건 설명에 할 말을 잃었으며, 그가 이미 정상인이 아닌 인간의 탈을 쓴 동물이었다는 해석만이 그의 행동을 합리화시킬 수 있는 유일한 답이라고 결론지었다.

식인 살인마의 이상심리

한 정신과 의사는 알버트 피쉬가 정신과 의사인 자신에게조차 매우 놀라운 환자의 표본임을 시사했다. 기본적인 외관상으로는 결코 그를 살인마로 의심할 수 없었으며, 오히려 그는 처음 대하는 순간 예의바르고 온화하며 심지어 남을 배려할 줄 아는 사람으로 비쳤다.

자신이 범한 악행에 대한 알버트 피쉬의 반응은 이상하리만치 냉담했다.

"나는 계속 살고 싶은 욕구도 없고, 그렇다고 사형을 받아 죽고 싶다는 생각도 없어요. 나에게 그런 것들은 아무런 차이가 없습니다. 나도 이런 나 자신을 단 한번도 이해할 수 없었답니다."

알버트 피쉬의 가계를 들춰보면 그의 가족들에게서 일찌감치 유전적인 정신병력이 있었음을 알 수 있다. 그의 어머니와 두 명의 친형제를 비롯한 외삼촌은 모두 정신병원에 입원했거나 선천적인 지능저하였다. 그 중 몇 명은 심각한 정신병을 앓다가 사망하기도 했다. 이러한 유전적 정신병 외에도 알버트의 형제 중 한 명은 심한 알코올중독자였으며 여동생 한 명과 이모 한 명은 모두가 포기한 미치광이였다.

알버트 피쉬는 한 번 결혼한 적이 있으며, 그로 인해 여섯 명의

✚ 소년의 시체를 학대하는 알버트 피쉬

자녀를 두었다. 그러나 그의 본처는 결혼 후 얼마 지나지 않아 외도로 다른 남자와 도망을 갔고, 그에게 남겨진 여섯 명의 아이들 모두 그의 차지가 되었다. 그 후 그는 비록 세 명의 여자와 재혼을 했으나 본처와 이혼을 하지 않은 관계로 그 후의 결혼은 모두 합법적인 혼인이라고 볼 수는 없었다. 놀라운 사실은 알버트 피쉬처럼 변태적인 살인마도 가정에서는 좋은 아빠였다는 점이다. 그는 자신의 아내들과 아이들에게 어떠한 탈선적 행위도 하지 않았으며, 심지어 아이에게 성경책을 읽어주는 자상한 아버지였다. 그러나 집에서와 밖에서 보인 극단적인 행동의 차이에 대해서는 그 자신조차도 분명한 설명을 할 수 없었다.

다만 그가 어린아이들 중에서도 특히 남자아이들을 대상으로 저지른 비정상적이고 왜곡된 변태적 행위에 대해서는, 그의 내면에 장기간 축적된 정신적 질환에서 비롯된 것이라고 의심되고 있다. 알버트는 그런 자신의 문제에 대해 이렇게 말했다.

"나에게는 줄곧 다른 사람에게 고통을 주고, 다른 사람들도 나에게 고통을 주길 갈망하는 마음이 있었습니다. 나는 모든 고통을 즐길 뿐입니다."

이러한 비정상적인 행위와 사고는 알버트만의 세계에서 가장 만족스러운 느낌을 주곤 했다. 그는 이어 스스로에게 가한 여러 가지 고통의 쾌감에 대해 말했다. 그는 알코올을 잔뜩 묻힌 솜뭉치를 자신의 직장에 쑤셔 넣어 거기에 불을 붙이는가 하면, 바늘을 직장과 음낭에 찔러 넣기도 했다고 실토했다. 그는 이러한 행위를 오랜 시간 동안 습관적으로 지속했으며, 너무 깊이 들어가 미처 뽑아내지 못한 바늘들이 아직 몸에 남아 있다고 말했다. 그의 말을 믿지 못한 의사들은 X-ray를 찍어 진위를 확인해 보기로 했다. 과연 X-ray 사진을 통해 그들은 최소한 29개의 바늘이 알버트의 직장과 음낭 사이에 깊숙이 박혀 있음을 눈으로 직접 확인할 수 있었다.

결국 알버트를 진단한 담당의사는 그가 정신병원 이외의 장소에서 생활해서는 안 된다는 결론을 내렸다. 의사는 알버트 피쉬가 전형적인 편집광 환자이며, 다시 말해 '미치광이'라는 결론을 내렸다. 그는 전형적인 정신질환자가 갖고 있는 환각, 환청, 자학, 죄업(고통), 속죄, 종교이념과 학대 등에 대하여 모두 자기 스스로 만들어낸 왜곡된 논리를 가지고 있었다. 그는 도무지 진실과 거짓 혹은, 옳고 그름을 판단하거나 이해할 수 없는 사람이었다. 기본적으로 알버트 피쉬의 여러 행위는 모두 광분상태의 심리를 바로바로 표출한 것이며, 이는 정신과 의사들의 정신병자에 대한 정의와 연구를 진일보시켜주었다.

악마의 마지막 순간

알버트 피쉬를 담당한 정신과 의사는 법정에서 피고 측 증인으로 알버트 피쉬의 진단 결과를 발표했으나 원고 측 검사는 의사의 증언을 뒤엎고 정신적으로 이상이 없음을 가려냄으로써 알버트 피쉬에게 법정 최고형인 사형을 언도받게 하였다. 1936년 1월 16일 알버트 피쉬는 전기의자에 앉혀졌다. 들리는 바에 의하면 당시 알버트 피쉬는 전기의자에 앉던 순간, 기분 좋은 듯 사형집행관에게 이렇게 물었다고 한다.

"혹시 전류가 내 몸 속으로 흐르는 소리를 들을 수 있을까요? 내 뼈가 전기에 감전되어 부서지는 소리를 들을 수만 있다면, 내 생애 최고의 기쁨이 될 텐데!"

당시 사형집행을 참관한 한 기자의 보도에 따르면 전기의자에 앉는 알버트의 눈빛에서는 기대에 찬 흥분의 기색이 역력했으며 심지어 기다릴 수 없다는 듯 스스로 집행관을 도와 전기의자의 벨트를 맸다고 전하고 있다. 결국 미국 역사상 최고령의 변태 살인마로 사형을 받은 알버트 피쉬는 두 차례의 전기 충격을 받은 후에야 비로소 자신의 고향이었던 지옥으로 돌아갈 수 있었다.

알버트 피쉬가 세인에게 남긴 잔혹한 기억들은, '외모만으로 그 사람의 전부를 판단해서는 안 된다'는 옛말을 되새길 수 있게 해주었다.

살인분석 _ Case File No.3

제프리 다머 (Jeffrey Dahmer)

청소년 유괴살인 동성애자.

범죄 수법: 학대, 살해, 사체 절단 후 피해자의 사체 일부를 자신의 냉장고에 보존함.

killer profile

- **이름** _ 제프리 다머 Jeffrey Dahmer
- **별명** _ 동성애자 식인 살인마, 밀워키의 식인종, 밀워키의 살인마
- **출생** _ 1960년 5월 21일
- **사망일** _ 1994년 11월 28일 교도소 수감 중 동료 죄수에게 살해당함
- **범죄유형** _ 연쇄살인, 사체 절단, 학대광, 시체 성애자
- **범죄시기** _ 1978년~1991년
- **범행장소** _ 위스콘신주와 밀워키주
- **희생자 수** _ 17명의 젊은 남성

사람들은 그의 범죄행각이 방송되는 텔레비전을 가리키며 신랄하게 욕을 퍼붓는다. 그의 변태적 행위에 노한 판사는 957년의 집행유예라는 놀라운 형을 선고한다. 그의 교도소 동료들은 그의 존재만으로도 화가 치밀어 직접 그를 없애지 못해 이를 갈았다. 한때 그가 퍼트린 공포와 불안은 90년대 초, 미국 전역에 심각한 사회적 혼란을 야기했다. 대중의 분노를 극에 달하게 만든 '공공의 적'은 바로, 제프리 다머라는 인물이었다. 당시 미국을 떠들썩하게 하며 가장 유명한 살인광으로 이름을 날렸던 그의 잔인한 범죄수법이 언론에 폭로되면서 사람들은 그의 이름을 영원히 잊지 못하게 되었다. 그의 악명은 지금까지도 밀워키 카니발(The Milwaukee Cannibal)이라는 별명으로 기억되어지고 있다.

행운의 생존자

1991년 7월 22일, 미국 밀워키에서는 보통 사람으로서는 상상도 할 수 없는 끔찍한 사건이 발생했다. 새벽이 가까워질 무렵, 당시 순찰 중이던 두 명의 당직 경찰관은 양손에 수갑이 채워진 채 이미 제정신이 아닌 듯한 젊은 흑인 남자를 발견하게 되었다. 그는 저 멀리서부터 죽을 듯이 고함을 치며 경찰차로 달려와 살려달라고 애원했다. 처음 두 경찰관은 그의 손에 채워진 수갑을 보고 다른 경찰로부터 도주 중인 범인일지도 모른다고 의심했다. 그들이 자초지종을 묻기도 전에 흑인 청년은 이성을 잃은 듯 울음을 멈추지 않고 누군가 자신을 죽이려 한다는 말만 겨우 알아들을 수 있게 내뱉고는 다시 격한 감정이 되어 횡성수설하기 시작했다. 잠시 후 울음을 삼킨 그는 누군가가 "자신의 심장을 파내어 먹으려 했다"며 부들부들 떠는 몸을 감싸안고 주저앉아 버렸다.

흑인 남자의 입에서는 계속해서 황당하고 엽기적인 말들이 쏟아져 나왔다. 당직 경찰관들은 그의 말을 도저히 믿지 못하겠다는 듯 고개를 내저었다. 하지만 곧 기절이라도 할 것처럼 보이는 이 흑인 남자가 농담을 하는 것 같아 보이지는 않았다. 그의 표정과 태도는 진실을 말하는 확고함이 있었다. 또한 그의 눈빛에는 공포 후에 이어지는 불안감이 엿보였다. 경찰은 그가 단순히 연기를 하고 있는 것이 아니라는 판단에 따라 남자가 말하는, '공포의 아파트'로 정찰을 가 보기로 결정했다. 도대체 그 아파트에서 무슨 일이 있었으며 그들을 기다리는 진실은 무엇인가?

양손에 수갑이 채워진 채 몸 여기저기에 피를 흘리던 남자의 이름은 트레이시 에드워드(Tracey Edwards)였다. 그는 극도로 긴장된 표정으로 두 경찰과 함께 자신을 해하려는 사람이 있다는 아파트로 향했다. 그들은 213호 아파트 앞에 도착하자 문 앞에서부터 풍겨져 나오는 형용할 수 없는 기괴한 분위기에 몸서리를 쳤다. 두 경찰이 문을 두드리고 막 총을 뽑아 들어서려고 할 때였다. 갑자기 213호의 문이 벌컥 열리며 문 안쪽에서 코를 찌를 듯한 악취가 풍겨져 나왔다. 두 경찰은 총을 치켜들고 집 안에 있던 의문의 남자에게 총구를 겨누었다. 문을 연 사람은 젊고 예의바르게 보이는 백인 남자였다. 그는 문 앞에 서 있는 경찰과 수갑이 채워진 트레이시를 발견하고는 침착한 모습으로 자신이 도울 일이 무엇인지 물어왔다. 친절한 남자의 말에 경계를 늦춘 경찰은 수갑을 차고 있는 흑인 남자를 가리키며 자초지종을 말하자 그는 별일 아니라는 듯 선뜻 '수갑을 풀어 주겠다'고 대답하고 열쇠를 가지러 집 안으로 들어갔다.

집 안으로 따라 들어간 경찰들은 백인 남자에게 규정에 따른 간단한 질문을 했고, 그 사이 또 다른 경찰관은 본능적으로 역한 냄새가 나는 방향을 따라 방안으로 들어갔다. 방안을 둘러보던 경찰은 침대 위에 널브러져 있는 폴라로이드 사진 더미를 발견했다. 사진들 속에는 신원을 알 수 없는 시체들의 모습이 가득 담겨 있었다. 정신이 혼미해질 정도로 놀란 경찰은 무시무시한 사진들을 한 장 한 장 다 살펴볼 겨를도 없이 동료가 있는 쪽을 향해 소리쳤다.

"어서 그 놈 잡아! 당장!"

지옥 같은 아파트

거리 순찰을 돌던 두 당직 경찰들이 검거한 범인은 다름 아닌, 90년대 들어 가장 잔인한 동성애자 학대 살인광이었던 제프리 다머였다.

마치 시체의 전당이 따로 없을 듯한 제프리 다머의 아파트는 트레이시가 묘사한 것보다 훨씬 더 참혹했다. 다머의 집에 첫발을 내딛는 것은 지옥문을 밟는 것과 같은 느낌이었다. 다머의 집안 곳곳에는 차마 눈 뜨고 볼 수 없을 만큼 잔인하고 피비린내 나는 소장품들이 버젓이 진열되어 있었다. 수사 전담팀은 지독한 악취 속에서 이미 부패되어 버린 여러 구의 토막난 시체를 발견했다. 213호 아파트에 대한 초기 조사에서 경찰 측은 집 안 구석구석에 13구나 되는 피해자의 잔해를 발견했다.

제프리 다머의 213호 아파트는 그야말로 '사체 토막 전시관'이 따로 없을 정도로 크고 작은 인체의 부위들이 모여 있었다. 집 안 곳곳에는 시체의 토막들이 이미 한번 끓여져 살점을 없앤 뒤 조각되거나 표본으로 만들어져 진열되어 있었다. 그 가운데는 '가공에 실패'한 듯한 사지의 잔해도 볼 수 있었다. 그것들은 마치 주인이 원할 때 언제든지 감상할 수 있도록 내놓은 예술품처럼 그곳에 전시되어 있었다. 그러나 이 기괴하고 음침한 아파트의 숨막힐 듯 코를 찌르는 시체 냄새보다 더욱 견디기 힘든 것은 아직 그곳에 맴돌고 있는 음산한 기운이었다.

곧이어 도착한 전문 감식반은 집 안 곳곳에 있는 서랍장 속에 가득 찬 폴라로이드 사진들을 찾아냈다. 사진의 내용은 모두 절단된 사체 일색이었다. 당시 현장에 있던 기자의 묘사에 따르면 폴라로이드에는 제프리의 손에 죽은 피해자의 모습이 그대로 기록되어 있었으며 그는 피해자들을 만나는 과정부터 그를 시체로 만들기까지의 모습을 자세히 찍어 두어 자신의 범행을 기록하고 있었다고 한다. 피해자가 아직 살아 있을 때 즐겁게 술을 마시는 장면부터 손발이 묶여 있는 모습, 강압적인 섹스 자세를 연출한 장면, 머리를 잘라낸 사진까지 모두 아무런 여과 없이 그대로 보여주고 있었다. 그 중 가장 경악할 만한 것은 목에서부터 사타구니까지 한칼에 베어 속이 훤히 보이도록 갈라놓은 남자의 시체가 찍힌 사진이었다. 시체의 가슴은 텅 비어 있었으며 그렇게 반으로 갈라진 피해자는 욕조 안에 눕혀져 있었다. 그밖에도 셀 수 없이 많은 사진들 속에 있는 참혹한 장면들은 누가 봐도 혼비백산할 만한 것들이었다.

하지만 사진들이 보여주고 있는 것은 이 집에서 일어난 참상에 비하면 빙산의 일각에 불과했다. 경찰은 이어 중요한 증거물을 하나 발견하게 된다. 그것은 제프리의 대형 냉장고였다.

이 냉장고는 제프리에게 있어 매우 중요한 보관함이었다. 그 안에는 그가 오랜 시간 모아온 '수집품'들이 담겨 있었다. 냉장고에는 제프리의 '보물'들이 가지런히 나열되어 있었다. 그것은 자세히 보지 않으면 잘 분간할 수 없는 '인육(人肉)'과 '내장'이었다. 모아진 기관은 종류별로 갖춘 듯 창자, 간, 폐, 심장 등이 잘려진 사람의 머리 세 구와 함께 나란히 냉장보관되어 있었다. 토막낸 시체의 각 부위는 세심하게 처리해 보존되어 있었으며, 냉장고 안의 수집품들은 마치 전문 도살업자가 진열장에 정성껏 진열해 놓은 것처럼 조금도 허술한 데가 없었다.

사실상 제프리의 아파트에서는 거의 대부분의 장소에서 사체의 흔적이 발견되었다. 대형 냉장고 안에 있는 제프리의 '보물' 외에도 작은 냉장고에는 개봉된 베이킹파우더 옆에 사람의 머리가 놓여 있었다. 또 주방의 싱크대장 안에 진열된 병과 깡통에는 양념이 아닌 포름알데히드에 '절인' 남자의 생식기가 담겨 있었다.

감식반원은 긴 수색 끝에 모두 일곱 개의 해골과 거의 완벽하게 들어맞는 조각난 다섯 구의 시체를 찾아냈다. 그 외의 자질구레한 뼛조각과 짝이 맞는 인간의 손을 포함한 증거물들은 제프리가 이곳에서 열일곱 명의 소중한 목숨을 앗아갔음을 여실히 보여주고 있었다.

당시 공포의 아파트 밀워키 213호에서는 도대체 어떤 일이 있었던 것일까? 집주인의 신분이 확인되면서 차츰 이 지옥 같은 아파트에서 벌어진 사건의 진상들이 하나 둘 드러나기 시작했다.

세기를 초월한 강간 살인

제프리 다머가 검거된 후, 1988년에서 1991년까지 위스콘신주와 오하이오주에서 발생한 젊은 남자들의 실종사건들도 비로소 하나 둘 해결되기 시작했다. 비록 피해자들은 이미 제프리 다머의 참혹한 실험도구가 되어 버린 후였으나 최소한 아무런 실마리도 찾지 못한 채 계속해서 헛물만 켜던 경찰들도 대중과 피해자 가족들에게 설명할 거리가 생긴 셈이었다.

제프리 다머는 13년이라는 긴 시간 동안 아무도 헤칠 수 없을 것 같은 자신의 평범한 외모를 이용하여 십수 명의 무고한 젊은 남자들을 살해했다. 제프리는 그들을 자신의 집으로 유인하여 오랜 세월 갈망해 왔던 '실험'들을 자행했다. 제프리의 범행과정은 이랬다. 먼저 그는 피해자를 자신의 아파트나 호텔로 유인하여 맥주나 음료로 정신을 잃게 만든다. 그런 다음 그들을 감금하고 제압하여 학대를 가했고 살해했다. 또, 실험을 성공시키지 못했을 때는 그들을 강간하고 살해한 후 토막을 냈다. 불쌍한 피해자들은 죽은 후에도 평안할 수 없었다. 제프리는 피해자들의 시체 중 일부를 기념품으로 만들어 보관하는 것으로 자신의 일을 마무리짓곤 했기 때문이다.

안타깝게도 제프리의 손에 목숨을 잃은 열일곱 명의 남자들은 단지 그와 함께 이야기를 나누며 가볍게 맥주를 마시거나 영화를 보려는 단순한 동기로 그를 따라 나섰다가 어이없게도 제프리 다머의 '예술품' 중 하나가 되었다.

"이 모든 일들이 왜 시작되었는지는 나 자신도 모릅니다. 그러니 이 모든 것을 설명해줄 확실한 답안이 있을 리가 없지요. 만약 이유를 알았다면 애초에 그런 일을 저지르지도 않았을 것입니다."

제프리의 자백에 의하면 그의 첫 번째 살인은 1978년 여름방학 때였다고 한다. 당시 그가 막 고등학교를 졸업했을 때였다. 어느 날 그는 고속도로 주변을 달리다가 스티븐 힉스(Steven Hicks)라는 열여덟 살의 젊은 남자를 차에 태우게 되었다. 둘은 제법 마음이 맞았고 처음 만난 순간부터 마치 오래된 친구처럼 대화를 나눌 수 있었다. 두 사람은 이야기를 나누며 술을 마시는 사이, 술에 잔뜩 취한 상태에서 성관계를 맺게 되었다. 이는 동성애자였던 제프리에게 오랜 시간 동안 성에 대해 가져왔던 환상과 갈망을 메워주는 계기가 되었다. 그러나 둘의 낭만적인 분위기는 얼마 가지 않았다. 성관계를 마친 스티븐이 몸을 일으켜 떠나려 하자 몹시 당황한 제프리는 반사적으로 바벨을 치켜올려 인정사정없이 스티븐의 머리를 내리쳤다.

처음으로 살인을 한 제프리는 사방에 뇌수를 튀기고 누워 있는 스티븐을 바라보는 자신에게서 이상하리만치 냉정함을 느꼈다. 그는 민첩하게 시체 수습을 했다. 서둘러 차를 몰아 집으로 돌아간 그는 먼저 침착하게 차갑게 식어 버린 스티븐의 시체를 지하실 갑판 밑으로 쑤셔 넣었다. 그리고 일주일 후, 그는 다시 시체를 꺼내 스티븐의 사지를 토막내기 시작했다. 그는 '나누어진 것들'을 큰 쓰레기봉투에 넣어 바로 집 뒷마당에 있는 나무 밑에 묻어 버렸다.

양심의 가책을 견디다 못한 제프리는 군에 입대했으나 2년 후 '부당한 행위'를 지적당하여 군에서도 쫓겨난다. 퇴역 후 집으로 돌아온 그는 다시 시체가 있는 곳을 찾아 토막낸 스티븐의 시체를 파낸 다음 쇠망치로 잘게 부셔 모래알처럼 변한 뼛가루를 숲 속 구석구석에 뿌렸다. 제프리의 '세심한' 처리 덕에 스티븐의 유해는 연기처럼 사라졌으며 지금까지 '털끝만한 증거'조차 찾을 수 없게 되었다.

"그날 이후부터 모든 게 변했습니다. 내 인생을 모두 망친 꼴이 되어 버렸어요. 그 사건 이후 나는 모든 걸 다 묻어 버리고 아무 일도 없었던 것처럼 살고 싶었지만 그런 일은 그냥 덮어지는 종류의 것이 아니었습니다."

피를 향한 욕망

제프리는 군에서 엄격한 훈련을 받았음에도 그의 마음속 깊숙이 자리잡고 있는 일종의 변태적인 욕망들은 결국 그를 군 생활에 적응할 수 없게 만들었다. 2년의 군복무 생활 끝에 그는 명령불복종과 단체 활동에 대한 부적응 및 궤도이탈 등의 부적합한 행동을 이유로 군에서조차 쫓겨났다. 사회로 복귀한 제프리는 자신이 살해한 첫 번째 시체에 대한 생각으로 내심 불안함을 떨칠 수 없었다. 그러나 사실 그의 마음속 깊은 곳에서는 차츰 피에 대한 욕망이 강하게 일고 있었다. 이 시기에 제프리의 부모는 그에 대한 실망감과 더 이상 자신들도 어쩔 수 없다는 생각에 그를 포기하고 만다. 그리고 제프리의 부모는 아들이 바른 길로 돌아와 주기만을 바라는 심정으로 제프리를 위스콘신주의 할머니 댁으로 보내 할머니와 함께 살도록 결정했다. 그렇게 함으로써 그들은 아들이 '정상적'인 모습으로 변해줄 것을 기대했다. 아이러니한 것은 제프리가 그토록 많은 범죄를 저지를 수 있었던 것은 위스콘신주의 할머니 집에서 자신만의 자유로운 공간이 생긴 것에서 비롯되지 않았나 하는 점이다. 아마도 제프리에게 그러한 공간이 생긴 것이 그가 오랜 시간 연쇄살인사건을 저지르면서도 들키지 않을 수 있었던 이유일지도 모른다.

1981년부터 1987년 사이 제프리는 더 이상의 살인을 하지 않았지만 두 번의 수감생활을 해야 했다. 두 번 모두 술에 취해 난동을 피우거나 상대방에게 외설적인 행위를 하는 등의 충동적인 소란을 피운 것이 원인이었다. 그리고 1987년 9월이 되자 두 번째 피해자인 스티븐 타우미(Steven Toumi)는 마치 도살을 기다리던 양처럼 자신도 모르는 사이 제프리의 함정에 빠져들었다. 그러나 스티븐이라는 젊은 청년을 어떻게 죽였는지는 제프리 자신도 기억해 내지 못했다.

"그 당시 나는 스티븐이 내 옆에서 죽어 있다는 사실을 도무지 믿을 수가 없는 상태였습니다. 그렇게 오랜 시간이 흘렀음에도 또다시 그런 일을 저지르다니! 정말이지 그때 내 머리 속에 무슨 생각이 들어 있었는지 어떤 짓을 했는지 아무것도 기억나는 것이 없습니다."

제프리는 많은 동성애자들이 모여드는 한 게이 바에서 스티븐을 만났다. 둘은 만취가 되어 한 호텔로 향했으며, 제프리가 기억할 수 있는 것도 거기까지였다. 다음 날 제프리가 깨어났을 때 스티븐은 이미 입가에 피를 흘린 채 숨이 끊어진 지 오랜 상태였다. 제프리는 침착하게 밖으로 나가 커다란 가죽가방을 사서 다시 호텔로 돌아왔다. 그리고 스티븐의 시체를 가방에 넣은 뒤 그것을 할머니 집으로 가져왔다. 제프리는 할머니의 집으로 가져온 스티븐의 시체를 다시 꺼내어 시체와 섹스를 하고 그 위에서 자위를 했다. 마지막으로 제프리는 매우 조심스럽게 스티븐의 시체를 절단한 후 바로 쓰레기통 속으로 던져 버렸다.

한 달이 조금 못 되어 제프리는 또다시 게이 바 부근을 어슬렁거리다 제이미(Jamie Doxtator)라는 열네 살의 아메리카 원주민 소년을 만났다. 그 당시 제프리는 이미 자신만의 범죄 수법을 갖고 있었다. 그는 게이 바가 자신의 사냥감을 찾는 데 있어 최적의 장소라고 판단했다. 통상적으로 그는 돈을 주고 에로틱한 나체사진을 찍자거나 맥주나 마시자는 말로 유혹하여 아무것도 모르는 젊은 남자들을 자신의 방으로 끌어들였다. 그러나 끝에 가서는 결국 피해자들이 마실 음료에 약을 타 정신을 혼미하게 만든 다음 목졸라 죽인 후 시체와 섹스를 하고 그 위에 자위를 하는 것으로 일을 마무리지었다. 그는 시체를 처리하기 전에 항상 폴라로이드 사진을 찍어 자신이 심혈을 기울여 선택한 대상들이 어떻게 자신의 예술품으로 변해 갔는지 기록해 두었다. 제프리에게 있어 이 사진들은 사건 후 자신의 범죄를 다시 천천히 음미하기 위한 용도로 쓰이곤 했다. 그는 사진들을 통해서 당시의 피비린내 나는 기억을 추억하며 쾌감을 만끽했고, 또 그것만이 자신이 살인을 하고 있지 않는 동안의 공허함을 채워줄 수 있었다.

제프리 다머의 네 번째 피해자 역시 게이 바 부근에서 그의 타깃이 된 남자였다. 네 번째 피해자 리처드 게레로(Richard Guerrero)가 사망한 시기는 1988년 3월이었다. 당시 제프리가 지내던 할머니의 집 지하실은 이미 그의 안전한 범죄 공간이 되어 있었다. 그러나 1988년 가을 제프리가 하는 일 없이 펀둥펀둥 놀면서 방탕한 생활을 하는 것을 견디지 못한 할머니는 결국, "지하실에서 나는 악취 때문에 견딜 수가 없다"는 이유로 집에서 그를 쫓아냈다. 제프리는 곧 또 다른 보금자리를 찾아 나설 수밖에 없었다.

집에서 쫓겨난 것이 그다지 기쁜 일은 아니었으나 어쨌든 그것은 새로운 거처를 얻을 수 있는 기회였다. 그렇다면 그곳은 반드시 구속받지 않고 자유자재로 생활할 수 있는 곳이어야 했으며 그가 원하는 것이면 무엇이든지 할 수 있는 독립적인 공간이어야 했다. 그는 흥분된 마음으로 더욱 자유로운 미래를 꿈꾸기 시작했다.

자신이 그리던 이상적인 아파트를 찾아 이사를 한 그는 둘째 날 자신의 계획을 실현시킬 목적으로 한 남자를 아파트로 유인했다. 비록 이 젊은 아시아계 남자는 강제로 나체사진을 찍히는 등 혼쭐이 나기는 했으나 천만다행으로 이웃의 신고에 의해 제프리에게서 벗어날 수 있었으며 공포의 밀워키 213호 아파트에서 제프리의 첫 번째 장식용 표본이 되는 끔찍한 상황을 면할 수 있었다.

그때의 실수를 교훈삼아 제프리는 그 후의 범죄계획을 완전히 새롭게 바꾸게 된다. 그로부터 1년이 지난 1월, 제프리는 성폭행 혐의가 성립되어 1년의 집행유예를 받는다. 그는 바로 정식 재판을 기다리던 그 짧은 기간 사이에 마치 복수라도 하듯 이번에는 단 1초의 시간도 지체하지 않고 다섯 번째 피해자인 안토니 시어스(Anthony Sears)를 살해한다.

재판을 기다리는 기간 동안 제프리는 다시 할머니의 집에서 지내고 있었다. 그는 친숙한 추억이 남아 있는 할머니의 집으로 돌아가자 순간, 기억 속에 갖혀 있던 피에 대한 욕망이 새롭게 되살아나기 시작했다. 결국 그는 또다시 변태적인 환상에 빠져들어 가고 있었다. 그의 마음속을 가득 메우고 있는 욕망을 채우는 방법은 오로지 근사한 살인에 대한 자극을 충족시키는 길뿐이었다. 끝내 인내심을 상실한 그는 아마추어 모델이었던 다섯 번째 피해자 안토니 시어스를 할머니의 집으로 유인했다. 결국 안토니도 다른 네 명의 피해자와 마찬가지로 약에 취해 강간당한 후 살해되었다.

안토니에게 특별한 감정이 있었던 제프리는 그 어느 때보다 안토니의 시체 처리에 세심한 정성을 기울였다. 제프리는 안토니의 사체를 절단한 다음 그의 머리를 펄펄 끓는 뜨거운 물에 삶아 살점들이 모두 떨어져 나가게 했다. 그리고 거기에 회색 석고를 덧칠하여 나중에 누가 보더라도 석고상이라고 알 만큼 정밀한 가공처리를 해 두었다. 안토니 시어스의 해골은 제프리의 아파트가 세상에 폭로되어 알려지기 전까지 그에게 있어 가장 소중한 욕망의 도구였다고 한다.

1989년 5월 제프리는 미성년자 성폭행사건으로 재판을 받지만 10개월의 가벼운 형을 선고받는다. 이로써 냉혈 살인마는 또 한번 삼엄한 법망을 피해 달아날 수 있었다. 계속 축적되는 제프리의 살인 기록은 바로 그의 탁월한 속임수 덕분이었다. 그는 성공적으로 자신의 변호사를 속였을 뿐만 아니라 사건을 맡은 담당 판사까지 감쪽같이 속일 수 있었다. 검사 측과 그를 진단한 정신과 의사들이 모두 그가 다시 사회로 나가는 것을 극구 반대했음에도 불구하고 판사는 충분히 잘못을 회개하는 듯한 제프리의 태도에 1년의 징역과 5년의 집행유예 판결을 내렸다. 1년이 채 못 되어 석방된 그는 90년부터 91년 사이 모두 10여 명의 남성을 유괴, 살해했다. 그리고 그의 미친 듯한 살인 행각은 더욱 놀랍게 발전되어 갔다.

잔인한 시체 유희놀이

1990년 5월에 이르자 제프리 다머의 밀워키 213호 아파트는 이후 벌어질 주요 범행의 공식적인 장소가 되었다. 그 후 5개월 동안 제프리는 이 아파트 안에서 12명의 생명을 처참하게 앗아갔다. 그 중 1990년 6월에서 9월 사이에만 네 명의 남자가 참혹하게 살해당했다. 1991년부터 감옥에 구금되던 날까지 여덟 명의 피해자가 추가로 생겨났다. 주목할 만한 사실은 제프리가 체포되기 전까지 점점 자신을 냉정하게 컨트롤할 수 없는 상태가 되어 갔다는 점이다. 이 시기에 제프리의 영혼은 이미 변태적 욕망에 완전히 지배되어 있었으며, 특히 5월부터 7월 사이에는 한 주 걸러 살인을 자행했다.

어쩌면 자신이 제어할 수 없었던 것들에 대한 욕망 때문인지 제프리는 '모든 것을 통제한다'는 뜻에 대해 집착하게 되었다. 그에게 있어 통제권을 가지고 있다는 것은 바로 모든 것을 '소유'하고 있음을 의미했다. 그것은 단지 자신이 피해자의 신체 부위를 보유하거나 피해자들을 표본이나 석고상으로 만들어 보존하는 것에서 멈추지 않았다. 심지어 그는 피해자들의 살점을 먹는 것이야말로 진정한 지배이며, 영원한 '점유(占有)'라고 생각하기 시작했다. 그것만이 심혈을 기울여 선택한 '대상'들로 하여금 자신과 영원히 함께 할 수 있게 하는 방법이라고 믿었다. 이에 대해 일부 전문가들은 심리적으로 그렇게 하는 것만이 피해자들의 영혼이 자신에게 복수하는 것을 막을 수 있다고 믿었기 때문이라는 견해를 보이기도 했다.

사체 절단과 사람의 살점을 먹는 것, 그리고 포름알데히드에 사체의 일부를 담가 보관하는 것, 피부를 벗겨 내는 것, 시체의 일부에 석고를 씌워 표본을 만드는 것 이외에도 제프리는 또 하나의 무시무시한 실험을 실행에 옮겼다. 그는 자신의 성적 욕망을 충족시키기 위해 언제든지 마음대로 할 수 있는 '살아 있는 노예'를 만들어야겠다고 생각했다. 그의 생각은 이랬다.

"만약 그들에게 아무런 사고 능력도 없고, 반항할 수도 없다면 그보다 더 나은 장난감도 없겠지!"

제프리는 상상 속의 장난감을 얻기 위해 목표물이 된 파트너가 약에 취했을 때 전기 드릴로 그들의 머리에 구멍을 낸 다음 자신이 직접 제조한 마취약을 주사하고 원하던 '효과'가 나타나기를 기다렸다. 하지만 이미 약으로 이성을 잃어 정상적인 사고를 할 수 없게 된 제프리의 실험 대상자들은 모두 그대로 피를 흘리며 고통 속에서 죽어갈 뿐이었다. 연이은 실패 후에도 그는 실험을 멈추지 않았다. 제프리는 경찰에 붙잡히던 날까지 아무 죄 없는 남자들의 몸으로 잔인한 실험을 즐겼다.

시체와 섹스를 즐기던 살인마의 유년기

제프리 다머는 다른 사건의 범인들처럼 전형적인 가정불화나 학대 속에 성장한 살인마가 아니었다. 제프리의 아버지는 어린 시절의 제프리를 천진난만하고 사랑스러운 아이였다고 회상했다. 그렇다면 제프리는 언제부터, 무슨 일을 계기로 잘못된 길로 들어서게 된 것일까? 그것에 대한 답은 제프리 자신도 확신할 수 없을 것이다. 제프리는 그 이유를 부모의 잦은 싸움과 결혼생활의 불화가 자신의 결혼에 대한 신념에까지 영향을 끼쳤다고 주장했다. 그러나 확실한 것은 제프리가 그토록 무시무시한 살인마가 된 것을 가정불화와 성장배경 탓으로 돌릴 수만은 없다는 점이다.

제프리 다머의 아버지가 갖고 있는 어렴풋한 기억 속에 어린 제프리는 동물을 무척이나 사랑하는 아이였다고 한다. 하지만 그 중에서도 제프리가 특별히 좋아했던 것은 죽은 동물의 시체나 뼛조각 같은 것이었다.

중학생이 된 제프리는 표면상으로는 정상적인 보통의 남자아이였다. 그러나 차츰 부모의 가르침과 설득이 전혀 소용없는 반항아

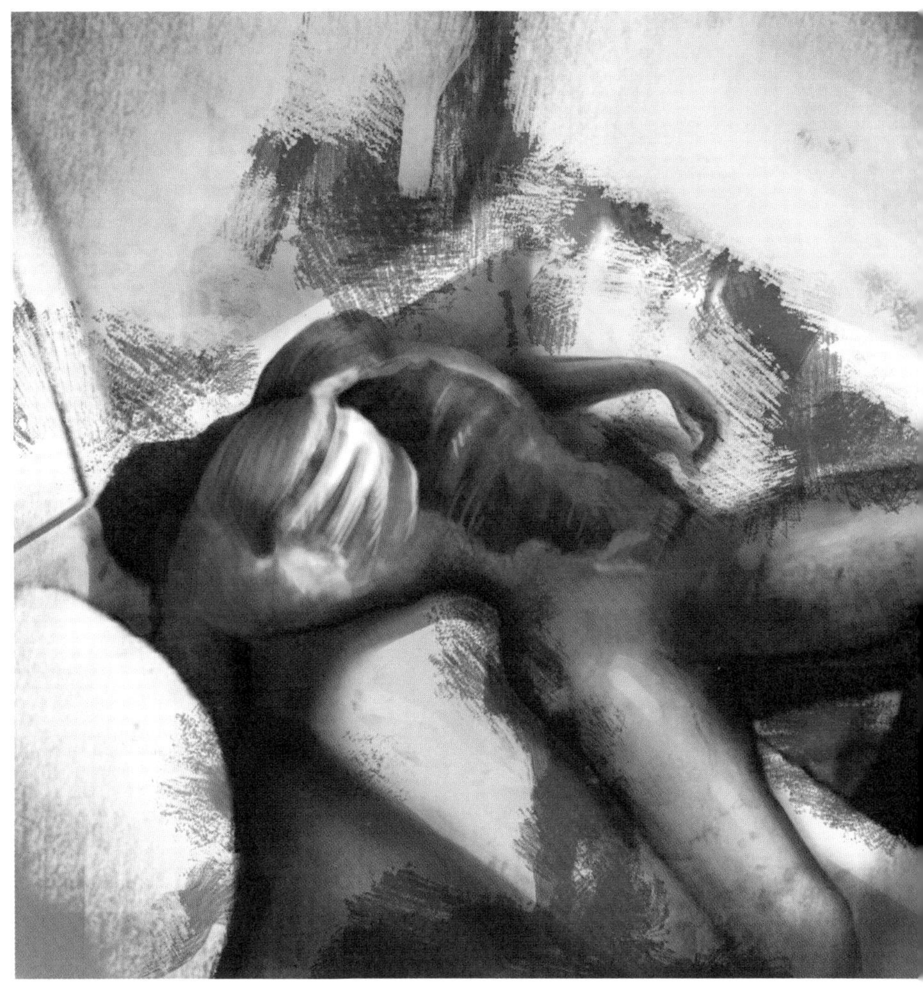

✚ 제프리 다머의 실험으로 희생된 시체의 표본

가 되기 시작했다. 한창 젊은 나이였던 제프리는 온종일 곤드레만드레 술에 취해 난동을 피우기 일쑤였다. 행실이 좋아지기는커녕 갈수록 더욱 악화되기만 하는 제프리의 생활을 보다 못한 아버지는 그를 군에 보내기로 결심한다.

제프리의 아버지는 군의 엄격한 훈련을 통해 제프리가 어릴 때의 착하고 말 잘 듣는 아들로 돌아와 주기만을 바랄 뿐이었다. 그러나 평범하게 입대를 준비하고 있던 그가 겉모습과는 달리 이미 변태적인 환상으로 꽉 찬 동성애자가 되어 있었다는 것을 아는 사람은 아무도 없었다. 게다가 당시 그는 이미 첫 피해자인 스티븐 힉스를 살해한 후였다.

당연히 군에 입대한 후에도 제프리는 변한 것이 아무것도 없었으며 오히려 쫓겨나기까지 했다. 당시 독일 부대에서 복무 중이던 제프리가 살인을 저질렀는지 아닌지에 대해서는 경찰 측과 독일 군대에서도 많은 관심을 기울였으나 명확한 혐의점을 찾지는 못했다.

제프리의 부모가 이혼한 1982년 직장을 구하지 못해 아무 일 없이 지내던 그는 위스콘신주 남쪽에 위치한 웨스트 알리스(West Allis)로 이사해 할머니와 함께 살기 시작했다. 1982년부터 1986년 사이, 제프리는 술에 취해 난동을 피우는 등으로 두 차례나 구속되는 경험을 하게 된다. 그 중 한 번은 두 소년 앞에서 하체를 드러내고 자위를 하다가 체포된 것이었다.

과연 어떤 요소들이 제프리 다머를 그런 살인광이 되게 만들었는지에 대해서는 범죄전문가와 심리학자들조차도 대답하기 곤란해하는 부분이었다. 그러나 이제 와서 제프리의 변태적인 심리 요인을 밝혀낸다고 한들 그의 손에 죽어간 무고한 젊은이들에게는 아무런 소용도 없는 일이다.

시체 성애자의 마지막 심판

"여기 한 사람이 있습니다. 그는 자신의 냉장고에 사람의 머리를 잘라 넣어두고 강한 성적 충동을 통제하지 못한 채 시체를 유린했으며, 사람의 살점을 베어 먹고 드릴로 머리에 구멍을 냈습니다. 또 사람의 가죽을 벗겨내 시체의 표본을 만들었습니다. 마치 괘도를 벗어난 기차처럼 미치광이의 길로 돌진한 사람, 그가 바로 제프리 다머입니다."

검찰은 배심원을 향해 이렇게 말문을 열었다. 비록 사건의 요점만을 간략하게 서술한 것처럼 들렸으나 이는 오히려 간결하고 힘있게 어필했으며 악마의 화신다운 제프리 다머를 그대로 보여주는 말이었다.

'밀워키 213호 사체 냉동 살인사건'은 잔인함의 정도가 심각하여 당시 관련된 모든 사람들은 사건을 접하기 이전에 미리 상당한 심리적 준비를 거쳐야 사건의 내용에 접근할 수 있었다. 전문가들은 일반 사람들이 아무런 사전준비 없이 심의에 투입되면 큰 충격을 견딜 수 없을 것이라고 예견했다. 배심원들은 자세한 범행과정을 들어야 했을 뿐만 아니라 사건과 가장 직접적인 사진들을 통해 모든 피해자들이 당한 살해 과정을 직접 하나하나 눈으로 확인해야 했기 때문에 어느 정도의 경고는 반드시 필요한 것이었다. 배심원들 앞에 펼쳐진 사진에는 피해자들이 죽기 직전의 사진과 죽은 다음의 모습이 고스란히 담겨져 있었다. 피해자의 손발이 묶이고 눈이 가려진 채 강제로 에로틱한 포즈를 취하게 한 것, 목졸려 죽은 후의 모습, 시체와 섹스하는 포즈와 사지를 절단한 후의 모습, 그리고 마지막에는 머리가 잘려진 피투성이가 된 장면이 담긴 사진들은 마치 사진사가 중요한 기록을 남기듯 연속촬영 방식으로 찍혀 있었다.

1992년 2월 15일 배심원들은 판결문 낭독에서 제프리 다머에게 유죄를 선언했다. 또한 정신적 이상이 없음이 인정됨으로써 판사는 그에게 957년 형의 유기징역을 선고했다. 당시 법정에 앉아 조용히 선고를 기다리던 제프리는 판결문 낭독 후에도 조금의 미동도 보이지 않았으며 이상하리만치 냉정함을 보였다. 그는 보안 경찰관들에게 둘러싸여 법정을 나가는 순간 고개를 돌려 방청석에 앉아 슬픔에 잠겨 있는 자신의 부모에게 눈길을 한번 주고는 순순히 자신의 영원한 처소인 감옥으로 향했다고 한다.

제프리가 살해한 열일곱 명의 피해자들 중 대부분은 흑인이었으며, 나머지는 유색인종이거나 혹은 아시아계의 남자였다.

당시 제프리 다머의 범죄행위는 대중의 참을 수 없는 분노를 폭발시켰을 뿐만 아니라 사회정서에도 크나큰 불안감을 안겨주었다. 덩달아 동성애자들도 사회로부터 일종의 악의 표적이 되었으며 종전부터 민감한 사안이었던 흑백 인종차별 문제 또한 다시금 불거져 나오게 되었다.

"처음부터 빠져 나갈 수 있을 거라고 생각한 적은 없습니다. 나 자신도 내 행동이 나빴다는 것을 인정하니까요. 솔직히 나는 죽음으로 속죄하고 싶었습니다. 어쩌면 사람들은 내가 죽은 후에 내 뇌를 꺼내 연구하려고 하겠지요. 언제가 될지는 모르지만 아마 언젠가는 그들이 내가 했던 모든 행동들을 비교적 설득력 있게 해석할 수 있을지도 모르겠군요."

인과응보라는 속담에서 제프리 다머도 예외는 아니었다. 제프리 다머가 받아 마땅했던 최고형은 그가 감옥에 가고 얼마 지나지 않아 바로 실행되었다. 1994년 11월 28일 제프리는 다른 동료 죄수들과 함께 배당받은 지역의 청소를 하고 있었다. 제프리는 그 중 평소 제프리의 흑인에 대한 범죄행각을 증오하던 25살의 죄수에게 살해당하게 된다. 당시 현장으로 돌아온 경비원들은 머리가 뭉개져 자신의 피로 흥건해진 바닥에 쓰러져 있는 제프리 다머를 발견한다. 결국 전 미국을 떠들썩하게 했던 밀워키 살인마는 1994년 11월 28일 오전 9시 11분에 사망된 것으로 정식 발표되었다.

"만약 내가 감옥에서 누군가에게 살해된다면, 그것은 나에게 가장 이상적인 속죄 방법이 될 것입니다."

어쩌면 하늘이 그의 소원을 들어준 것일까. 이 잔인무도한 악마의 화신은 결국 세상에 오래 남아 있지 못하고 그에게 꼭 맞는 곳 지옥으로 보내졌다.

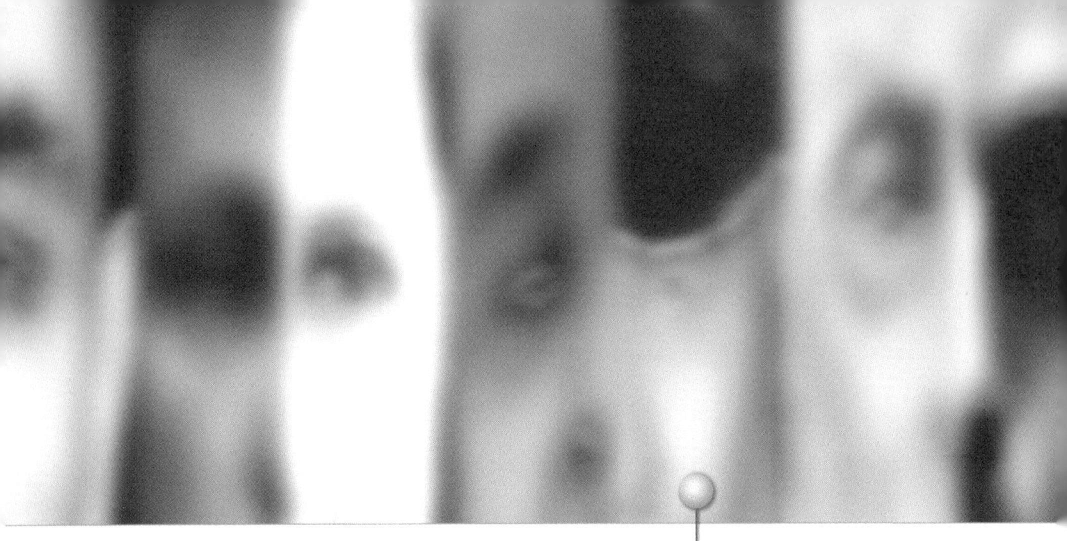

Ed Gein 에드 기인

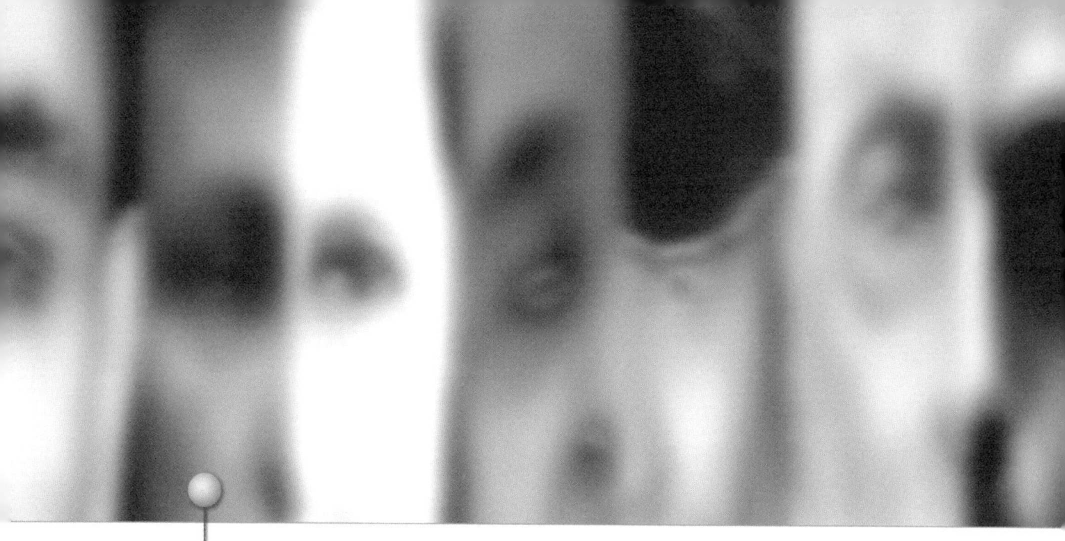

Jeffrey Dahmer 제프리 다머

Ⅱ. 연쇄살인범의 정신적 층면(層面)

연쇄살인범의 이상심리

의학적 각도에서 연쇄살인범의 대다수는 정신적으로 크고 작은 상처를 가지고 있다고 한다.

여러 심리학자들은 오랜 관찰과 실험을 통해 범인들에게서 공통점을 발견했다. 그것은 바로 그들이 갖고 있는 정신적 결함인데, 성장과정 속에서 발견되는 정신적 결함이 오랜 시간이 지난 후에도 남아 있다는 사실이다. 개중에 일부 전문가들은 죄를 범한 적이 있거나 심각한 폭력적 성향이 있는 연구대상의 뇌의 앞쪽, 즉 이마 부분에서 모두 선천적이거나 후천적으로 손상된 부분을 발견했다고 한다. 물론 이것이 범죄와의 관련성으로 증명된 바는 없다. 하지만 이러한 관찰들은 분명 언젠가 범죄에 대한 욕망을 야기시키는 단서들을 찾게 해줄지도 모른다.

뇌 앞부분에 외상을 입은 모든 사람들에게 폭력적인 성향이 있다거나 그들이 살인범이 될 수가 있음을 암시하는 것은 아니지만 뇌의 외상이 비정상적 정신을 초래하는지 대해서는 분명 주목해 볼 만하다.

뇌파분석을 통해 어떤 감각들을 해독할 때 통상 슬픔과 흥분과 같은 느낌들은 일정한 파동으로 나타난다.

정상인들은 작은 동물들을 봤을 때 귀엽고 사랑스럽다는 반응을 보이는 것이 대부분이다. 뇌에 전달되는 느낌이 따뜻하고 온화한 것이라면 우리는 이러한 느낌과 아름다운 사물을 하나로 연결시키게 된다.

반대로, 가령 예를 들어 우리가 본 것이 차에 치어 죽은 새끼 고양이라든가, 주인에게 버림받고 길가를 헤매는 굶주린 강아지라든가, 날개가 부러진 작은 새와 같은 무언가 아름다운 사물이 훼손된 것이라고 한다면 자연히 안타깝다거나 슬프다는 느낌을 갖게 된다. 혹은 동정하는 마음이 생겨난다. 그러나 놀라운 사실은 많은 살인범들을 대상으로 관찰한 결과 정상인들이 아름다운 사물에 대해 느끼는 것에 그들은 아무런 반응도 나타내지 않았다는 점이다. 그들은 마치 식물인간처럼 어떠한 감정변화도 보이지 않았으며 우리가 아름답다고 생각하는 장면에 전혀 감동을 받지 않았다. 반면 그들은 보통 사람들이라면 차마 눈 뜨고 볼 수 없는 잔인한 장면에 비로소 흥분과 호기심, 심지어는 그것에 대한 좋은 느낌의 뇌파반응을 나타냈으며 동정심이나 연민의 감정은 보이지 않았다. 마치 슬픔이나 죄책감이란 단어는 이들에게 단순한 말장난에 불과한 것 같았다.

동정심을 느끼지 못하는 사람들을 우리는 흔히 '냉혈한'이라고 한다. 아무런 느낌도 가질 수 없는 사람이라면 그는 아마 눈 하나 깜짝하지 않고 침착하게 시체를 토막내고 여유 있게 현장을 수습

한 뒤 냉정하게 사체 유기 장소를 물색하게 된다. 그런 끔찍한 짓을 저지를 수 있는 사람이 냉혈한이 아니라면 그는 분명 일종의 이상 심리질환을 앓고 있는 사람이라고 해야 한다.

확실한 것은 살인범들에게 타인을 살해하는 행위는 그들 자신에게 있어서만은 극히 일상적이며 평범한 일에 불과하다. 그들은 자신만의 세계에서 자신이 좋아하는 일을 하는 것이며 그것은 곧 일종의 자아탐구이자 목표에 대한 집착이기 때문이다. 가령 우리가 여행이나 쇼핑을 좋아하는 것과 친구를 만나 영화 보는 것을 좋아하는 것처럼, 살인범들도 살인을 하나의 취미로 삼는다. 또 예를 들어 우리가 음악감상이나 좋은 음식점을 찾아 다니는 것 등에 흥미가 있다고 한다면 그들은 동물학대, 미신숭배, 해부학 연구 등에 흥미를 두고 있다.

정신병질자Psychopath와 정신병자Psychotic의 차이

통상적으로 우리는 연쇄살인범에 대한 이야기를 보거나 들었을 때 느껴지는 즉각적인 반응을 이렇게 표현한다.

"그 사람들은 미쳤어!"

"그 사람들은 근본적으로 비정상적이야! 그러니까 그렇게 무시무시한 짓을 저지르는 거라구!"

누군가 비합리적이면서도 잔인한 행동을 보일 때 그의 정신상태는 분명 감정을 억제할 수 없는 격한 상태에 처해 있다. 그러나 정신이상에도 이성이 있는지 없는지에 따라 둘로 나뉜다.

대다수의 살인범들은 자신의 죄를 부인하거나 감형을 받기 위해 범행 당시 정신이상자였다는 주장을 펴곤 한다. 최후 판결에서 살인범의 유죄와 무죄를 가릴 때 그의 정신상태는 그만큼 중요한 관건이 된다.

정신병질자 Psychopath

엄밀하게 말하자면 정신병질자는 결코 미치광이가 아니다. 그들은 스스로 옳고 그름을 판단할 수 있다. 대다수의 연쇄살인범을 정신병질자로 분류할 수 있는 이유는 바로 그런 자들만이 세상 사람 모두가 주저하는 생각들을 통째로 무시하고 피해자를 자기 마음대로 유린할 수 있다는 사실 때문이다. 정신병질자는 그 어떤 동정심과 연민도 가지고 있지 않다. 그렇기 때문에 그들은 자신의 행동에 대해 창피해하거나 죄책감을 느끼지 못한다. 더욱 무서운 것은 이들이 정상인의 가면을 쓰고 군중 속에서 함께 살아가고 있다는 사실이다. 그들은 보통 사람과 똑같은 모습으로 타인에게 다가가 그들의 두터운 신임을 얻는다.

연쇄살인범의 대다수는 이와 같은 정신병질자로 분류된다. 그들은 냉정함을 유지한 채 잔인무도한 살인을 저지를 수 있으며 심지어는 공격대상을 정하기 전에 미리 머릿속으로 영화필름이 상영되듯 구체적인 살인과정을 예습하기도 한다. 그런 다음 이어지는 계획된 강간 살인과 시체 절단, 시체 유기와 같은 행위들은 그들에게 있어 단지 마음속의 꿈틀거리는 욕망을 현실화하는 것에 불과하다.

전문가들은 정신병질자의 연쇄살인에 대한 심리적 배경과 진정한 살인동기가 무엇인지 오랜 시간을 두고 연구해 왔다. 그러나 여러 연쇄살인범을 관찰한 결과 거의 모든 연쇄살인범들의 살인이 극도로 이성적이었으며 맑은 정신상태에서 이루어졌다는 사실이 밝혀졌다. 그들은 지능지수가 높은 것으로 나타났으며 상대방을 매료시키는 매력을 지니고 있었다. 또 그들은 언제라도 이웃을 도와줄 사람처럼 친절하게 보인다거나 혹은 학교에서 학생들에게 존경받는 선생님처럼 조금도 위협적이지 않은 인상을 풍긴다. 그러나 그들은 이런 천부적인 위장술로 자신에 대한 경계심을 접은 사람들에게 접근하여 최고의 포획물로 만들어 버릴 궁리를 하게 된다.

정신병자 Psychotic

정신병을 앓고 있는 사람과 정신병질자와의 가장 큰 차이점은 그들이 영원히 깨지 않는 악몽 속에서 살아간다는 점이다. 이들은 인격적인 면에서 심각한 문제를 앓고 있으며 또한 현실과 꿈을 구분할 수 없다는 장애를 가지고 있다. 그들의 세계는 극도로 어두우며 그럼으로써 끝없는 고통 속에서 살아가야만 한다. 세상 모든 일들에 있어 그들은 이미 무엇이 진실인지 자신이 처한 현실이 어떤 것인지 모든 감각이 상실된 상태에 처해 있다. 그들에게 환각과 환청은 흔히 볼 수 있는 증세이다. 어쩌면 그들은 자신이 귀신에 쫓기고 있다고 상상하거나 혹은 형체 없는 사악한 힘에 의해 통제당하고 있다고 믿는 경우가 대부분이다. 그들은 현실 도피적이거나 극단적인 편집증세를 보이므로 몸과 마음에 가해지는 고통 속에서 살아가고 있다. 또 옳고 그름을 판단하지 못하는 사이, 망상에 의한 발작이든 혹은 환청을 통해 악마의 지시를 들은 것이든 간에 정상적인 범주로는 들어설 수 없게 된다. 결국 그들은 자신의 생각을 가질 수도 없고 아무것도 분별할 수 없는 상태에 빠져 자신의 탈선행위를 막을 수 없게 된다. 망상증과 정신분열증은 정신병에서 흔히 볼 수 있는 증상이다. 이러한 정신상태에서 살인을 범한 자는 정신병질자보다 훨씬 비정상적이며 잔학무도한 범행을 저지를 수 있다.

많은 범죄심리학자들은 단순히 미쳤다는 말로는 살인범들의 여러 가지 증상을 설명할 수 없으므로 정신병을 갖고 있는 연쇄살인범을 구분할 때 그들을 각각의 독립된 정신병으로 분류한다. 제정신이 아니라는 말은 적어도 정상인이 이해할 수 있는 단어이다. 하지만 세간을 떠들썩하게 만든 살인마들의 행위는 이미 미쳤다는 표현을 뛰어넘은 경계에 닿아 있다. 그렇기 때문에 우리는 이들을 인간의 형상을 한 괴물이라고밖에 달리 표현할 말이 없다.

살인분석 _ Case File No.4

에드 먼드 캠퍼 (Edmund Kemper Ⅲ)

장신의 냉혈 살인마. 수많은 무고한 사람들을 계획적으로 살해했으며 그 중에는 자신의 어머니도 포함되어 있었다. 살해 후 어머니의 시체를 학대하고 유린함.

killer profile

- **이름** _ 에드먼드 캠퍼 Edmund Kemper
- **별명** _ 여대생 킬러, 도로 위의 킬러, 여대생 도살자 Coed Butcher
- **출생** _ 1948년 12월 18일
- **사망일** _ 현재 미국의 폴섬 주립교도소 Folsom Prison 에 수감 중
- **습성** _ 연쇄살인, 시체 절단, 학대광, 시체 성애자, 식인
- **범죄시기** _ 1963년~1973년
- **범죄발생지** _ 미국
- **희생자수** _ 자신의 조부, 조모, 모친, 모친의 친구 외 여대생 6명

"예쁜 여자를 보면 한편으로는 그 여자를 알고 싶고 그 여자와 데이트를 하고 싶기도 하고 또 다른 한편으로는 그 여자의 머리에 꼬챙이를 꽂으면 어떤 꼬락서니가 될지 궁금해지기도 해요."

에드먼드 캠퍼의 이 말은 흠모하는 대상을 봤을 때 자신이 느꼈던 마음을 그대로 표현한 말이다. 또한 에드먼드 캠퍼라는 사람을 말할 때 사람들의 머릿속에 가장 먼저 떠오르는 말이기도 하다.

에드먼드 캠퍼를 지금까지 등장한 연쇄살인범들 가운데 가장 특별한 인물이라고 할 수는 없지만 그의 범죄행위와 비틀린 사고방식은 연쇄살인범의 전형적인 표본이라고 할 수 있다. 그가 보였던 최초의 범행과 그 이후 계속해서 행해진 치밀한 계획과 범행과정들은 병적심리, 학습장애, 혹은 이중인격 장애를 가진 사람이나 학대받은 경력이 있는 사람들만이 연쇄살인을 저지르는 것이 아니라는 점을 여실히 보여주었다. 에드먼드 캠퍼 사건은 한 인물의 성장배경과 성장과정 등이 반드시 한 사람의 병적인 정신을 초래하는 것이 아니라는 사실을 말해주고 있다. 즉, 표면상 정상적으로 보이는 행동으로 일종의 비정상적인 행동의 적신호를 덮어 버린다 해도 언젠가는 피에 대한 욕망이 표출될 가능성을 배제할 수 없다는 사실이다.

"난 그냥 할머니를 죽였을 때의 느낌이 어떨지 궁금했어요."

이처럼 에드먼드 캠퍼가 자신의 할머니를 살해한 지극히 단순한 살해동기는 그를 가장 악명 높은 살인자들 가운데 한 명으로 소개하기에 충분한 자격을 갖추고 있다. 한 사람의 마음이 이미 주체할 수 없는 살인욕망에 점령당했다면, 그의 이성은 일찌감치 사라져버린 후일 것이다. 그 순간 남은 것이라고는 점점 간절해지는 살인욕망일 것이므로 그들은 더 많은 사람을 죽이는 것에서 유일한 돌파구를 찾으려 들게 된다.

미국 언론을 통해 '여대생 살인마(The Coed-Killer)'로 알려진 에드먼드 캠퍼는 총 열 명의 무고한 인명을 앗아갔다. 그는 열다섯 살이 되던 해 자신의 조부, 조모를 살해하고 성인이 된 후에는 맨손으로 여섯 명의 젊은 여대생을 살해했으며 자신의 친어머니와 어머니의 친구까지 살해했다. 가장 끔찍한 사실은 에드먼드 캠퍼의 피해자 중에서 가장 잔혹하게 죽임을 당한 사람은 다름 아닌 에드먼드 캠퍼, 자신의 어머니였다는 사실이다.

그가 무참히 살해한 사람들의 수는 다른 연쇄살인범들의 전적에 비해 그리 많지 않은 편이다. 그러나 살인 수법의 잔인함만큼은 결코 그들에게 지지 않는 것이었다.

거대한 장애물

에드먼드 캠퍼의 가장 큰 특징은 그의 위협적인 신체조건이었다. 6피트 9인치(204cm)의 큰 키와 3백 파운드(136kg)에 가까운 몸무게를 가진 에드먼드 캠퍼는 어려서도 같은 또래에 비하면 덩치 큰 '거인'이나 다름없었다. 큰 체구는 그의 친부모와 두 여동생마저 그를 배척하는 요인으로 작용했다.

에드먼드 캠퍼는 1948년 12월 18일 미국 캘리포니아주 버뱅크(Burbank)에서 태어났다. 엄밀히 말하자면 에드먼드 캠퍼의 가정환경은 다른 연쇄살인범들처럼 불우하지는 않았다. 오히려 그의 상황은 좋은 편에 속했다. 다만 그에게 안 좋은 영향을 주었던 유일한 문제를 들자면 부모님의 이혼이 전부였다.

에드먼드의 친부모는 그가 아홉 살 때 이혼했다. 이 일은 에드먼드에게 크나큰 충격을 안겨주었다. 당시 친부모의 격렬한 말싸움과 불안정한 결혼생활은 유년기를 거치던 에드가 문제아로 성장하는데 결정적인 역할을 한 것으로 추측되어지고 있다.

어린 에드먼드는 대략 이때부터 문제아의 전형적인 적신호를 보이기 시작했던 것으로 전문가들은 판단하고 있다. 그는 누이와 함께 '시체놀이'를 하거나 자신의 집에서 키우는 애완동물을 상대로 학대행위를 일삼으며 어린 시절을 보냈다.

두각을 나타낸 이상심리의 반전

그 이유는 밝혀지지 않았으나 에드먼드가 가장 좋아한 놀이는 '시체놀이'였다. 그는 두 여동생과 '독가스실에 갇혀서 고통스럽게 발버둥치며 죽어가는 사람'의 연기를 하곤 했다. 그는 항상 여동생에게 형을 집행하는 사람의 역할을 맡게 하고 자신은 고문당하는 사람 역을 맡았다. 에드의 어머니 크라넬은 그가 이 괴이한 놀이에 심취해 있는 것을 좋아하지 않았지만 달리 말릴 방법이 없었다.

나이는 어리지만 몸집은 또래 아이들보다 훨씬 컸던 에드는 자신이 집에서 고립된 존재라는 사실을 잘 알고 있었다. 크라넬은 항상 그의 괴이한 행동을 힐책하고 나무랐다. 그가 열 살이 되던 해 어느 날 학교를 마치고 돌아온 에드먼드는 자신도 모르는 사이 자신의 개인 물품들이 모두 지하실로 옮겨져 있음을 알게 되었다.

크라넬이 에드먼드의 방을 지하실로 옮긴 것은 갈수록 이상한 행동이 더해지는 아들과 두 딸을 계속 한 방에 둘 수 없었기 때문이었다. 또 그녀는 에드의 불안정한 행동이 언젠가는 근친상간의 불상사를 초래할 수도 있다고 믿었다. 크라넬에게 있어 에드먼드는 집에서 가장 병적인 요소이자 자신이 누려야 할 행복의 거대한 장애물이었다. 그녀는 에드먼드의 아버지와 이혼한 후 거칠어진 감정으로 모든 원망을 에드먼드라는 장애물에게 돌렸다. 에드먼드는 고아가 아니었음에도 사실상 집에서는 어머니의 사랑을 받지 못하는 고아나 다름없었다. 따라서 에드먼드에게 어머니라는 존재는 항상 원망과 증오의 대상이었으며 그가 성장한 후에도 마음을 터놓을 수 없는 관계가 되었다.

에드먼드는 보통 사람들이나 같은 연배의 친구들과 한참 어울려야 할 나이에도 온종일 자기만의 세계에 갇혀 지냈다. 에드의 지능지수는 일반인들보다 월등히 높았지만 학교 안에서는 괴팍하고 누구와도 잘 어울리지 못하는 음울한 성격의 아이였다고 한다. 그는 매일 학교에서 돌아오면 자신의 지하실 방안으로 숨어들어가 세상과 단절된 시간을 보내며 자신만의 어두운 공간을 사수하기에 바빴다.

그는 혼자 지하실 방으로 쫓겨난 후 점점 더 극단적이며 위협적인 성격으로 변해 가기 시작했다. 강한 변태적 환상과 폭력에 대한 억누를 수 없는 욕망이 그의 뇌리에 서서히 자리잡기 시작하고 있었다.

그는 온종일 그곳에서 자신이 생명을 좌우하는 사자가 되는 환상에 사로잡혀 학대와 살인, 사체절단 등 무엇이든 피가 터지고 흐르는 장면들이면 모두 직접 해보고 싶다는 생각을 하곤 했다. 그는 머릿속으로 그런 상상을 할 때마다 알 수 없는 흥분으로 몸을 떨었다. 그 후 자신의 감정을 발산할 만한 통로를 찾지 못한 에드먼드는 마음속 가득한 죽음에 대한 실험들을 직접 실행해 보기로 결심했다. 그 첫번째 실험대상은 바로 자신의 집에서 키우던 애완용 고양이였다.

먼저 그는 고양이를 잡아 집 뒷마당으로 데리고 간 다음 잔디밭 위에 깊은 흙구덩이를 만들어 산 채로 고양이를 파묻었다. 그리고 며칠이 지나 다시 죽은 고양이를 파내어 머리를 잘라내고 피가 뚝뚝 떨어지는 고양이의 머리에 꼬챙이를 꽂았다. 그는 한동안 그 고양이의 머리를 우승컵처럼 보관했다.

나중에 크라넬이 키우던 두 번째 고양이도 그와 똑같이 죽임을 당해야 했다. 에드먼드는 커다란 칼로 고양이의 목을 자른 뒤 이번에는 그것을 자신의 옷장 안에 숨겨두었다.

이리저리 차이는 공처럼…

두 번에 걸친 에드먼드의 잔인한 동물학대는 어린 시절 그가 문제아였다는 사실을 여실히 보여주고 있는 부분이다. 그런 그를 가르치고 돌보는 데 이미 지쳐 버린 크라넬에게는 에드먼드를 부양하는 것에 대한 책임을 벗어던지는 것만이 유일한 해결책이었다. 크라넬은 궁리 끝에 이 사악한 아이를 자신의 생활권 밖으로 떨어뜨리기로 했다. 그리고 자신의 책임을 에드먼드의 친부에게 완전히 전가시켰다. 그녀는 아들에게 새로운 환경을 안겨주고 자기 자신에게는 평온한 생활을 누리게 하고 싶다는 마음뿐이었다. 그렇게 해서 그녀는 잠깐 동안의 자유를 얻을 수 있었다.

그러나 에드먼드의 문제는 그렇게 단순하게 해결될 만한 것이 아니었다. 그는 비록 어머니와 함께 사는 것에 일찌감치 진저리가 났지만 아버지와의 새로운 생활에는 더욱 적응하기 힘들었다. 그는 몇 차례의 가출 시도 후에 다시 어머니의 곁으로 돌아갈 수밖에 없었다.

다시 돌아온 아들을 견디기 힘들었던 크라넬은 생각을 바꿔 이번에는 에드먼드의 할아버지 할머니에게 보내기로 결심했다. 이 방법은 당시의 상황에서 봤을 때 확실히 가장 좋은 방법이었다. 에드먼드를 전남편의 부모에게 보내면 자신은 문제아인 아들에게서 벗어날 수 있을 뿐만 아니라 아들 또한 조용한 농장생활을 하며 어쩌면 안정된 생활을 찾을 수 있을지도 몰랐다. 그렇게만 된다면 에드가 더 이상 아침부터 저녁까지 머리를 짜내듯 새로운 수법으로 주위 사람들을 괴롭히는 일은 없을 것이라고 굳게 믿었다.

그러나 에드먼드의 할아버지와 할머니도 그다지 마음을 놓을 수 있는 사람들은 아니었다. 그들은 나름대로 자신들만의 교육방법이 있었다. 에드먼드는 인적이 드문 외진 산골에 있는 할아버지 할머니의 집으로 옮겨간 후 그들 외에는 다른 사람과 접촉할 기회가 거의 없었다.

에드먼드는 여름방학이면 어머니의 집으로 보내졌으나 열한 살 때부터 열네 살이 될 때까지 이곳에서 대부분의 학창시절을 보냈다. 평범해 보이는 생활 속에서 에드먼드의 마음은 점점 아무도 이해할 수 없는 괴팍하고 극단적인 성격으로 변해 갔다. 그는 세상을 향한 증오를 풀어헤칠 곳이 없었으며 자극적인 생각을 도저히 억누를 수 없었다. 하는 수 없이 에드먼드는 죽은 동물의 시체에 분풀이하는 것으로 감정을 터트리곤 했다.

이빨을 드러내기 시작한 맹수

에드먼드의 마음에 어두운 그림자를 드리운 사람은 크라넬만이 아니었다. 그의 할아버지와 할머니 또한 과격하고 편파적인 생각을 갖고 있는 사람들이었다. 당시 겨우 열네 살이었던 그는 이미 6피트 6인치의 거구였으며 밖에서는 사람들에게서 멸시받고 집에 돌아와서는 자신의 친족들에게 책망과 구박을 받아야 했다. 에드먼드의 할머니 눈에도 그는 점점 못된 아이로만 비춰지기 시작했고 그녀는 큰소리로 그를 혼내거나 습관적으로 헐뜯음으로써 에드먼드의 마음속에는 오랜 시간 그녀에 대한 원망과 미움이 쌓여갔다. 이때 에드먼드는 이미 자신의 어머니와 할머니를 죽이는 상상을 떠올리곤 했다. 그는 지난 해 할아버지에게서 선물받은 22구경 라이플 권총으로 토끼나 작은 새와 같은 야생동물을 쏴 죽이거나, 뒤뜰에 있는 창고에 숨어 할머니가 눈앞에 있다고 생각하며 모든 증오를 담아 한 발 한 발 과녁에 쏘아 맞추곤 했다.

1964년 8월 27일 에드먼드는 결국 할머니의 끝없는 잔소리에 대한 반격을 결심했다.

그날 오후 예순여섯 살의 할머니는 식탁 앞에 앉아 열심히 글을 쓰고 있었고 에드먼드는 그녀의 옆에 앉아 기괴한 눈빛으로 그녀를 쳐다보고 있었다. 그의 행동에 뭔가 석연치 않은 느낌을 받은 할머니는 그런 눈으로 쳐다보지 말라며 에드먼드를 엄하게 꾸짖었다. 순간 멈칫한 그는 '두더지를 잡으러 가겠다'고 말한 뒤 곧 문을 나섰다. 할머니는 이미 돌아서서 나가고 있는 그에게 '닥치는 대로 새를 쏘아서는 안 돼!'라며 주위를 주었다. 바로 그때 방충망 밖에서 뒤를 돌아 할머니를 매섭게 쏘아보던 에드먼드는 갑자기 총을 들어 집안에 있는 할머니에게 총구를 겨누었다. 몇 발의 총성과 함께 그녀는 곧 힘없이 바닥으로 쓰러졌다.

이미 숨이 끊긴 할머니를 바라보던 에드먼드는 아직 원망이 사그라지지 않았으나 침착하게 수건으로 할머니의 머리를 휘감은 다음 시체를 침실 안으로 끌고 들어와 조용히 할아버지가 돌아오기를 기다렸다.

그리고 얼마 후 에드먼드와 이름이 같았던 일흔두 살의 할아버지가 집으로 돌아와 차고에 차를 주차하자 이미 준비를 마치고 기다리던 에드먼드는 할아버지가 채 문 앞에 다가서기도 전에 몰래 그의 뒤로 다가가 할아버지의 머리를 향해 치명적인 한 발의 총알을 발사했다.

열다섯 살에 흉악한 살인을 저지른 에드먼드는 자신의 할머니와 할아버지를 죽인 후에도 일말의 양심의 가책도 받지 않았다. 뿐만 아니라 마음속의 분노에서 해방된 듯한 느낌을 받았다. 그의 유일한 걱정은 이 두 구의 시체를 어떻게 처치하느냐 하는 문제였다. 그는 수화기를 들어 어머니에게 전화를 걸었다. 그는 침착하게 어머니에게 무슨 일이 있었는지 말하고 사람을 불러 자신을 도와줄 것을 요청했다.

흉보를 전해들은 크라넬은 놀라움을 금치 못했다. 하지만 방금 자신의 아들이 큰 죄를 지은 것은 틀림없는 사실이었으며 자신이 급히 서둔다 한들 아무런 도움이 되지 않는다는 것은 불을 보듯 뻔한 일이었다. 생각을 가다듬은 크라넬은 에드먼드에게 더 이상 아무것도 건들지 말고 가만히 앉아 경찰을 기다리라고 당부하고 전화를 끊은 다음 곧장 경찰에 신고했다. 이상한 것은 평소 어머니의 잔소리를 죽도록 싫어하던 에드먼드가 이때만큼은 어머니의 지시에 순순히 복종했다는 점이다. 그는 한 무리의 경찰들이 농장에 도착했을 때 문 앞 계단에 걸터앉아 경찰의 손에 자신을 넘길 준비를 다 마친 듯한 태도로 조용히 기다리고 있었다.

가장 영리한 정신병자

"예전에 나는, 거리의 사람들을 전부 없애 버리는 상상을 하곤 했습니다."

경찰과 심리학자들의 질문에 에드먼드는 조금의 거리낌도 없이 오랫동안 마음속에 담아 두었던 무시무시한 생각들을 털어놓았다. 그는 자신이 할머니를 살해했다는 사실을 단번에 인정했으며, 단지 할머니를 죽였을 때의 느낌이 궁금했을 뿐이라는 간단명료한 살해 동기를 자백했다. 그러나 할아버지를 죽인 것은 다른 이유에서였다. 연세가 많으신 할아버지가 할머니의 시체를 보고 충격을 견디지 못해 심장발작을 일으킬 것이 뻔했으므로 자신은 다만 '그를 걱정하는 마음에' '안락사' 시켜준 것이라고 진술했다.

에드먼드의 여러 가지 행위들을 관찰한 의사들은 '인격분열'과 '이상심리'라는 진단을 내렸다. 그리하여 열다섯 살의 에드먼드는 정신병 범죄자들을 위한 병원으로 보내졌다. 그는 그곳에서 스물한 살이 될 때까지 수용생활을 하게 된다.

병원에서의 몇 년 동안 에드먼드는 자신의 총명함과 교활함으로 모든 사람들로 하여금 자신이 이미 완쾌되었다고 믿게 만들었으며 아무에게도 위협이 되지 않는 사람임을 성공적으로 납득시켰다. 이 시기에 그는 피에 굶주려온 나날을 채워줄 계획을 더욱 체계화하기 위해 열심히 공부했을 뿐만 아니라 사람들로 하여금 신뢰를 얻을 수 있는 언변과 외모를 가꾸어 갔다. 그는 병원 내의 의사들로부터 자신의 '무해함'을 보증받기 위해 장기간에 걸쳐 의사와 간호사들의 조수직을 자청했다. 겸허하고 부드러워진 겉모습은 사람들로 하여금 차츰 그에 대한 조심스러운 감정을 내려놓게 만들었으며 나아가 그에게 심리학 방면의 상식과 지식을 접할 수 있는 기회를 안겨주었다. 들리는 바에 의하면 그가 스물두 살에 석방될 수 있었던 이유도 바로 거기 있었다고 한다. 그는 그곳에 머무는 동안 병원에 있는 모든 병례 자료를 탐독했으며 검사결과의 판별 사례를 거의 외우고 있었다. 그리고 그는 거기서 얻은 지식으로 의사가 어떤 환자에게 정신이상 진단을 내리는지와 어떤 행위양식을 보이는 사람에게 정상인 등급을 매기는지도 완전히 파악할 수 있었다. 아이큐가 남달리 높았던 에드먼드는 28가지의 정신병 측정검사의 답안을 모두 외우고 있었다. 당연히 그는 정신병 측정검사를 받게 되었을 때 이러한 지식과 기교로 어렵지 않게 검사를 통과할 수 있었다.

대살상을 위한 준비

사건이 발생하고 6년 후 에드먼드는 계속해서 정신병원에 있어야 할 자신의 운명에서 순조롭게 빠져 나올 수 있었다. 비록 경찰 측은 에드먼드가 어머니를 미워하는 마음이 다시 병을 재발시킬 수도 있다는 점을 잘 알고 있었으나 그를 직접적으로 관리하고 통제할 방법이 없었던 터라 어쩔 수 없이 그를 어머니에게로 돌려보내기로 결정했다. 당시 3번째 이혼을 한 크라넬은 산타 크루즈 대학의 행정관리직에 근무하고 있었다. 그녀에게 있어 에드먼드는 여전히 교내 학생들보다 중요하지 않은 존재에 불과했다.

처음 에드먼드는 부근에 있는 대학에서 강의를 듣고 여가를 이용해 자질구레한 일을 했다. 그가 애초에 하고 싶었던 공부는 경찰학교에 입학하여 언젠가 법을 집행하는 사람이 되는 것이었으나 그의 거대한 체구는 그런 꿈을 접게 만들었고, 이 일은 다시금 그에게 큰 분노를 안겨주었다.

에드먼드는 경찰이 될 수 없었지만 정신병원에 수용되었을 당시 알게 된 경찰관들과 여전히 좋은 관계를 맺고 있었다. 그는 틈만 나면 법원에 가서 재판을 방청하고 사람들이 잘 모여들지 않는 술집을 찾아내어 사람들과 어울리는 데 시간을 투자했다. 그들의 눈에 덩치 큰 에드먼드는 선량하고 예의 있는 '착한 청년'이었다. 그들 대부분은 경찰학교에 입학할 수 없었던 에드먼드를 안타깝게 여겼으며 그로 인해 그를 가족 같은 느낌으로 더욱 친절하게 대해 주었다. 후에 에드먼드는 결국 공공기관에서 고속도로 순찰을 담당하는 직업을 갖게 된다. 친구들이 그를 위해 기뻐해 주고 있을 때 에드먼드는 새로운 신분을 이용하여 자신이 꿈꿔오던 학살을 현실화할 궁리에 골몰해 있었다.

그 후 오토바이 사고로 고액의 보상금을 받게 된 에드먼드는 이제 자신의 계획을 본격적으로 추진하기 시작했다. 먼저 그는 경찰차와 비슷한 자동차를 구입한 다음 경찰차가 구비하고 있는 장비들을 설치하기 시작했다. 그는 안테나를 뜯어 없애고 사이렌을 달았으며 차 안에는 라디오 수신기와 송화기를 장착했다. 또 조수석의 문을 밖에서 잠글 수 있도록 개조했다. 모든 준비를 순서대로 마친 그는 트렁크 안에 수갑, 비닐봉투, 칼, 담요 등을 준비해 놓는 등 사냥감이 잡혔을 때 필요한 물품들을 챙기는 것도 잊지 않았다.

에드먼드는 범행의 적당한 시기와 수법을 치밀하게 계획했다. 영리한 그는 범행 전에 지난 2년간 고속도로의 교통상황을 면밀하게 관찰했다. 그는 고속도로 순찰을 맡은 경찰의 역할을 누구보다 잘 연기해냈다. 또 여러 번에 걸쳐 히치하이크를 하는 대학생들을 자신의 차로 태워주며 유심히 관찰한 결과, 여학생들이 일단 차에 탄 다음 그와 대화를 하기 시작하면 순순히 경계심을 풀고 가장 나약한 사냥감이 된다는 사실을 알게 되었다. 그의 이러한 관찰들은 범행 착수에 대한 자신감을 불어넣어 주었다. 또한 그는 완벽한 계획을 세워 어떠한 상황에서도 빈틈을 보이지 않도록 점점 더 계획을 보완해 갔다.

1972년 에드먼드의 마음속에 다년간 쌓여온 범행 충동이 서서히 잠에서 깨어나기 시작했다. 그는 여느 때처럼 도로변에서 히치하이크를 하는 두 명의 젊은 여학생을 태웠다. 그들은 자신들을 태운 친절한 '순찰차'가 극악무도한 살인마가 운전하는 차며 끔찍한 살인 사건 현장이 되리라고는 조금도 의심하지 못했다.

거둘 수 없는 충동

메리 안 피스(Mary Anne Pisce)와 아니타 루치즈(Anita Luchese)는 같은 학교에 다니는 친구였다. 에드먼드는 그들이 차에 타고 얼마 후 경찰 친구에게서 빌려 두었던 총으로 그들을 위협하기 시작했다. 그는 자신의 말에 복종하라고 명령한 뒤 자신의 말만 잘 들으면 죽이지는 않겠다고 회유했으나 에드먼드의 마음속에는 이미 그들을 죽음으로 몰고 갈 완벽한 계획이 서 있었다.

에드먼드는 차를 외진 곳으로 몰고 간 다음 차를 세우고 아니타를 차에서 내리게 한 뒤 트렁크에 들어가도록 했다. 그는 메리를 먼저 처치하기 위해 준비해 두었던 비닐봉투를 그녀의 머리에 덮어씌운 다음 수건으로 그녀의 목을 졸랐다. 겁에 질린 메리는 거세게 반항하며 머리에 씌워진 봉투를 물어뜯고 온몸으로 저항했다. 화가 난 에드먼드는 칼을 꺼내어 메리의 몸 깊숙이 찔러 넣었다. 결국 그녀는 단말마의 비명과 함께 점점 잦아드는 숨을 삼키는가 싶더니 이내 조용히 눈을 감았다.

곧이어 에드먼드는 트렁크 안에 갇힌 아니타에게 발길을 돌렸다. 앙칼진 메리의 반항에 기분이 언짢아진 그는 트렁크를 열고 재빨리 칼을 꺼낸 다음 망설임 없이 아니타의 몸에 칼을 꽂았다. 트렁크 속에서 극심한 공포에 떨고 있던 아니타는 미친 듯 칼을 휘두르는 에드먼드의 손에 힘없이 죽어갔다. 계획을 성공시킨 에드먼드는 두 젊은 여대생의 시체를 싣고 잠시 주위를 배회했다.

시체를 어떻게 처리할지 궁리하던 에드먼드는 어머니의 집으로 차를 돌렸다. 어머니의 빈 집에 도착한 에드먼드는 먼저 여학생들의 옷을 발가벗긴 후 묵묵히 눈앞에 놓인 시체들을 주시했다. 그리고 그는 곧 자신의 비정상적인 해부 의식을 실행에 옮겼다.

에드먼드는 공들여 여학생들의 시체를 절단하고 계속해서 그들의 토막난 몸을 감상하며 자신의 '연구과정'을 사진기에 담아 기록했다. 물론 시체를 손상시킨 후 피로 범벅된 시체를 강간하는 것도 잊지 않았다. 그런 다음 그는 두 시체의 머리를 잘라 얼마간 보관하다가 각각 비닐봉투에 담아서 내다 버렸다.

"사람들은 머리 없는 몸통은 쓸모없을 거라고 말하죠. 머리가 없으면 아무 짝에도 쓸 데가 없다고요. 하지만 다 그런 것만은 아니에요. 머리가 없었어도 걔들의 몸은 제법 유용했거든요."

에드먼드는 시체가 발각되어 자신이 사건에 연루되는 것을 막기 위해 일부러 시체를 다른 도시로 가져가 유기했다. 매사에 조심스러운 그의 행동은 단지 또 다른 자극을 찾아 나서기 위한 여정에 불과했다. 첫 번째 살인을 성공시킨 쾌감은 그로 하여금 더욱 많은 살인 욕구를 충동질했으며 범행 수법에 있어 대담함과 자신감을 심어주었다.

그 후 한 달이 조금 못되어 다시 한 번 살인을 계획한 에드먼드의 두 번째 목표물은 아이코 쿠(Aiko Koo)라는 열다섯 살의 동양인 여자아이였다. 아이코가 살해당한 방법은 그전 여학생들과 비슷했다. 먼저 에드먼드는 그녀가 차에 타게 한 뒤 목졸라 죽이고, 마찬가지로 그녀의 시체도 해부의 대상이 되었다. 그는 시체를 실컷 가지고 놀며 욕구를 배설한 다음 쓰레기처럼 비닐봉투에 넣어 외지고 비밀스러운 강가와 산골짜기에 내다 버렸다.

에드먼드는 이때 이미 자신만의 범행 수법을 가지고 있었다. 그는 토막낸 시체를 자신이 통제할 수 있는 물건으로 삼을 수 있다는 사실에 만족감을 느꼈으며 죽은 여자들의 영혼까지 소유하겠다는 환상에 빠져 피해자들의 살점을 먹기도 했다. 에드먼드는 수차례의 살인과 실험을 거치며 온갖 끔찍한 행동을 벌였다. 피해자의 살점을 먹는 것 외에도 시체를 난자한 다음 내장과 살이 분리된 모습에 흥분한 그는 이미 손상될 대로 손상된 시체와 섹스를 하기도 했다.

대다수의 연쇄살인범들은 자신의 '승리'를 기념하는 뜻에서 피해자의 신체 일부를 전리품으로 보관한다. 그처럼 피해자의 머리를 갖는 것은 에드먼드에게 일종의 완벽한 정복을 상징했다.

"나는 그 여자들이 내 일부가 되기를 원했습니다. 지금 그녀들은 분명 나의 일부가 되었습니다."

에드먼드가 아이코를 살해한 다음 날 참으로 황당한 일이 벌어졌다. 에드먼드는 정신병 기록 때문에 자신이 수용되었던 정신병원에서 일정기간 동안 정해진 날짜에 의사들의 정기검진을 받아야 했다. 그때까지 아이코의 머리를 차 조수석에 놓고 다니던 에드먼드는 약속된 시간에 정기검진을 받으러 갔고 바로 그날 의사들로부터 '완전 회복'이라는 진단을 받았다. 끝내 이 일은 아무에게도 발각되지 않았으며 에드먼드는 모든 사람을 속일 수 있을 것 같은 자신의 잠재력에 긍지를 느끼며 득의만면해 있었다.

1973년 에드먼드는 3명의 여자를 살해했다. 그들은 신디샬(Cindy Schall), 로잘린드 소프(Rosalind Thorpe), 엘리스 류(Alice Liu)였다. 이 세 명은 모두 에드먼드의 총에 맞아 죽임을 당한 후 에드먼드의 집으로 옮겨져 그의 '전리품' 중 하나가 되었다. 당시의 피해자 중 한 명이었던 신디는 에드먼드에 의해 어머니를 '조소'하는 도구가 되었다. 그는 피가 뚝뚝 떨어지는 신디의 머리를 들고 뒤뜰로 가서 얼굴이 크라넬의 침실 창가로 향하게 세웠다. 그것은 마치 이미 '죽은' 어머니를 응시하는 것 같은 느낌을 주었다. 에드먼드의 이런 행동은 그의 마음속에 어머니에 대한 증오와 원한이 얼마나 강렬했는지 보여주는 대목이다.

살인마의 마지막 복수

여섯 명의 젊은 여대생을 살해한 에드먼드는 여전히 강렬한 살인 욕구에 지배되어 있었다. 그는 매번 어머니와 싸움을 한 뒤면 울컥하는 마음으로 집을 나가 버렸으며 그 후에는 아무 죄 없는 여자들이 재앙을 입게 되었다. 대학에서 행정 업무를 맡아 처리하며 모든 사람에게 친절했던 크라넬은 무슨 이유에서인지 집에만 돌아오면 아들의 잘잘못을 열거하며 꾸짖기를 좋아했다. 그녀는 습관적으로 자신의 생활이 순조롭게 진행되지 못한 것을 모두 아들의 탓으로 돌렸다. 세 번의 결혼 실패라든지 혼자 외롭게 독신으로 살고 있는 처지라든지 어디에도 기댈 곳이 없는 자신의 감정들마저 모두 아들의 거대한 모습이 그녀의 주변 사람들을 놀라 달아나게 했기 때문이라고 여겼다. 오랫동안 이어져온 크라넬의 냉소와 악담은 에드먼드로 하여금 항상 어머니를 죽이는 환상에 젖게 만들었다. 전문가들은 에드먼드의 행동에 대해 그가 피해 여성들을 통해 어머니에게 자신도 옳은 여자를 만날 수 있다는 사실을 증명해 보이고 싶다는 심리에서 기인한 것이라는 견해에 일치했다.

에드먼드의 어머니에 대한 증오는 결국 1973년 4월 돌이킬 수 없는 사건으로 치달았다. 그해 부활절 날 에드먼드는 마음속의 모든 분노로부터 철저히 벗어날 것을 결심했다. 크라넬이 친구들과의 모임에서 돌아왔을 때 에드먼드는 마음을 가다듬으며 오랜 시간 동안 머릿속으로 몇 번이고 그려보았던 살인과정을 복습했다.

새벽 다섯 시가 되자 에드먼드는 어머니가 잠들어 있는 틈을 타 망치를 들고 어머니의 침대로 다가갔다. 그리고 그는 조금의 망설임도 없이 크라넬의 뒤통수를 힘껏 내리쳤다. 그런 다음 그는 준비해 두었던 칼을 들어 크라넬의 목에서 뼈가 보일 만큼 깊숙이 칼을 그었다.

크라넬의 피는 순식간에 침대보를 적셨다. 에드먼드는 칼로 그녀의 머리를 잘라내고 남은 시체를 무자비하고 냉정하게 토막내었다. 그는 공들여 잘라낸 크라넬의 머리를 굵은 나무에 꽂아 놓은 다음,

✚ 에드먼드 캠퍼는 자신의 어머니를 살해하고 머리를 잘라 다트의 표적으로 삼았다.

그녀의 목부분은 따로 떼어 내어 부엌 싱크대로 가져가 쓰레기분쇄기에 집어던졌다. 그것은 마치 자신이 오랜 시간 받아온 굴욕과 증오를 분쇄기의 작동과 함께 산산이 갈아 없애 버리는 듯한 느낌을 받고 싶어서였다. 하지만 쉽게 부서지지 않는 뼈가 분쇄기에 걸리는 순간 반동으로 커다란 핏덩어리가 튀어 그의 얼굴을 피투성이로 만들었다. 에드먼드는 당시 자신의 즉각적인 반응을 이렇게 기억하고 있었다.

"흥! 그야말로 엄마다운 짓이군. 그렇게 오랜 세월 동안 끊임없이 다다다 잔소리하기를 좋아하더니 죽어서까지도 이런 식으로 나를 괴롭혀야 속이 풀리다니!"

자신을 키워준 어머니에 대한 보답으로 그는 그녀의 시체를 간음하고 어이없게도 크라넬의 머리를 자신이 연습하며 놀던 다트 표적으로 삼아 칼을 날렸다.

에드먼드는 크라넬의 시체를 처리하던 당시의 상황을 회상하며 자신의 잔인함은 벌을 받아 마땅하다고 되뇌었다.

에드먼드는 체포된 후의 진술에서 당시 크라넬을 살해한 이유에 대해 앞서 저지른 범행들과 자신이 연루되었다는 사실이 얼마 안 가 곧 밝혀질 것을 예감했기 때문이라고 했다. 당시 언론은 '여대생 살인사건'을 대대적으로 보도하고 있었으며 경찰 측은 수사범위를 넓혀 혐의가 있는 자들을 모두 잡아들였다. 에드먼드는 만약 자신이 그 증거들로부터 벗어나지 못하고 세상에 폭로될 운명이라면 어머니가 살아서 갖은 여론의 압박을 받게 되는 것을 원치 않았으며, 단지 사람들이 그를 두고 이런저런 나쁜 점을 들춰내어 비난할 때 그로 인해 어머니가 모욕을 받지 않길 바랐기 때문에 그녀를 조금 일찍 '해방'시켜 하늘로 보내준 것이라고 설명했다.

에드먼드는 어머니를 살해한 다음 시체를 그대로 집안에 방치해 둘 경우 많은 증거물들이 자신을 용의자로 지목할 것이라는 데 생각이 미치자 좀더 영리한 대책을 세우기로 결심했다. 그것은 한 사람을 더 죽임으로써 경찰의 판단력을 흐리게 하는 것이었다.

에드먼드는 수화기를 들어 어머니의 가장 절친한 친구 샐리 할렛(Sally Hallett)에게 전화를 걸었다. 그는 샐리에게 부활절 축하파티로 맛있는 음식을 준비했다고 말하고 어머니와 함께 부활절을 보내자며 집에 방문해줄 것을 요청했다. 샐리는 일말의 의심도 없이 곧장 차를 몰고 에드먼드의 집으로 향했다. 얼마 후 친구의 집에 도착한 샐리는 초인종을 누르고 반갑게 자신을 맞아줄 친구의 얼굴을 기대하고 서 있었다. 그 순간 모든 준비를 마치고 기다리던 에드먼드는 문을 열자마자 맹수같이 달려들어 벽돌로 그녀를 가격하기 시작했다. 계속되는 에드먼드의 공격에 샐리는 얼마간 숨이 곧 끊길 듯 목에서 피를 뿜어내다가 이내 완전히 숨을 거두었다. 에드먼드는 다른 피해자들에게 했던 것처럼 샐리의 머리를 잘라 낸 다음, 피투성이가 된 그녀의 시체와 섹스를 했다.

일을 끝마친 후 에드먼드는 나체가 된 샐리의 시체를 자신의 침대 위에 눕히고 날이 밝을 때까지 그녀와 함께 잠이 들었다. 이미 이성을 잃은 그는 잠에서 깨어난 후 샐리의 차를 몰고 마치 목적지를 잃고 표류하는 돛단배처럼 정처없이 온 거리를 헤매고 다녔다. 그는 되도록이면 아주 멀리 도망치고 싶다는 생각뿐이었다. 그러나 곧 언제 발견될지 모를 두 구의 시체가 집안에 남아 있다는 사실이 떠올랐다. 순간 언제든 체포될 것이라는 두려움이 그를 음습했으나 두려운 것은 두려운 것일 뿐, 그의 머릿속에는 여러 가지 모순된 생각들이 줄을 이었다. 어쩌면 그는 라디오를 통해 자신의 어머니와 샐리가 살해당했다는 뉴스를 전해 들으면 외려 알 수 없는 상실감이 들 것 같았다. 또한 자신이 저지른 범죄 행위에 양심의 가책을 느껴서라기보다는 누군가 어서 어머니의 살인사건을 해결해 주었으면 좋겠다는 심정이었다. 그러나 그가 진심으로 관심을 갖고 있는 것은 어떤 명예심리가 작용했다기보다는 악명 높은 '여대생 살인마'라는 칭호를 다른 사람이 채가는 것을 원치 않았다. 그는 자신이 저지른 사건들을 일종의 위대한 업적 내지는 명예라고 여겼으며 그는 이 호칭을 자신이 아닌 다른 사람에게 주고 싶지 않았다. 오히려 그는 이제까지 사람들을 당황하게 만들어 온 도로 위의 살인마가 바로 자신이라는 사실을 빨리 알리고 싶어졌다.

스스로 놓은 덫

정처 없이 콜로라도의 도로 위를 달리던 에드먼드는 경찰이 자신을 체포하게 만들어야 한다는 데 생각이 멈췄다. 그는 자신의 도움 없이는 자신과 관련된 사건들이 모두 미해결 사건으로 흐지부지될 것이라는 순진한 생각을 갖고 있었다. 그리하여 에드먼드는 중요한 결정을 내리기로 했다. 그는 도로가에 보이는 공중전화 부스 앞에 차를 세우고 직접 캘리포니아주 경찰서에 전화를 걸었다. 그리고 마음먹었던 대로 희극적인 자수극을 펼치기 시작했다. 그러나 처음에 신고를 접수하던 사람은 이것을 장난전화로만 여겼다. 에드먼드는 자신이 경찰에서 찾고 있는 범인임을 재차 강조하는 한편, 지난 2년 동안 자신이 저질러온 범행들을 낱낱이 자백했다. 언뜻 과장되고 장난기마저 있어 보이는 전화 내용은 경찰의 귀에 그야말로 터무니없는 소리로 들렸으나 그의 단호한 말투와 태도에 경찰 측도 사실 여하를 떠나 우선 에드먼드를 연행해 온 뒤에 사건이 밝혀지면 정식 체포를 발표하기로 결정했다.

급히 출동한 경찰들이 주유소 부근에 있는 전화부스에 도착했을 때 에드먼드는 얌전히 그곳에 앉아 그들을 기다리고 있었다. 그리고 수갑을 채워 그를 차에 태우고 경찰서에 도착해 증언내용과 사실을 대조할 때까지 에드먼드는 순순히 경찰에 협조했다.

경찰의 심문이 시작되자 에드먼드의 자백은 모든 사람들로 하여금 바로 앞에 있는 거인이 오래 전부터 자신들이 찾고 있던 '여대생 살인마'라는 사실을 알게 되었다. 사람들을 놀라게 한 것은 전부터 경찰 쪽 사람들과 친구를 맺을 정도로 많은 경찰들과 좋은 관계를 유지해 오던 '빅'에드가 항상 자신들과 함께 대화의 소재로 올리곤 했던 흉악범이었다는 사실이었다.

에드먼드가 지난 몇 년 동안의 범죄과정을 설명할 때 사람들은 그의 치밀한 계획에 경악을 금치 못했다. 또한 시체유기 장소를 수색하던 장소에서는 사건 당시 에드먼드의 조심스럽고 치밀한 현장복원으로 인하여 대대적으로 파견된 감식대원들의 노력에도 불구하고 발견된 유해가 거의 없을 정도였다. 또 그는 명성을 잃게 될 것을 염려하여 스스로 자신이 소장하고 있던 피해자들의 물품들을 내놓기도 했으며, 범행 당시 찍어두었던 사진들을 경찰당국에 제공하기도 했다. 그 중에는 어머니와 함께 살던 집 뒷마당에 묻은 신디 샬의 머리도 포함되어 있었다.

에드먼드가 자백한 사건의 내용들은 인간으로서는 도저히 할 수 없는 일들이었다. 그는 눈에 띈 불특정 대상들을 닥치는 대로 살해하여 사회에 큰 혼란을 야기한 냉혈 살인마였으며 자신의 명성이 세간에 널리 알려져 사람들의 마음속에 기억되기를 바랐다.

진정한 살인마는 자신의 범행에 자부심을 갖고 있다. 또 자신이 만들어낸 걸작을 자랑하지 않고는 배길 수가 없다고 한다. 마치 에드먼드 캠퍼가 그랬던 것처럼.

바라 마지않던 최종 판결

"고문으로 죽는 것이 내가 가장 바라던 죽음입니다."

에드먼드는 피해자들에게 학대를 가하는 것을 좋아했으며 자기 스스로도 그러한 방식으로 죽기를 희망했다.

여덟 명의 목숨을 앗아간 에드먼드의 살인사건 재판은 1973년 5월 개정되었다. 재판을 기다리고 있는 동안 캠퍼는 두 번의 자살을 시도했으나 두 번 모두 미수에 그쳤다. 에드먼드가 어렸을 때 정신병 판정을 받은 적이 있다는 사실을 알아낸 변호사는 법정에서 에드먼드의 살인행각이 그가 유년 시절 겪었던 정신병에서 심각한 영향을 받은 것이었음을 증명해 내려고 했다. 그러나 에드먼드의 적극적인 자수 행각은 정신병과 관련된 변호인의 말을 조금도 뒷받침해 줄 수 없었다. 에드먼드의 자수는 모든 범행들이 사전에 철저히 검토된 후 치밀한 계획을 통해 이루어졌으며, 모든 증거들이 당시 에드먼드가 옳고 그름을 충분히 판단할 수 있었음에도 범행을 저질렀다는 것을 말해주고 있었기 때문이다. 결국 법원이 지정한 세 명의 정신과 의사들은 에드먼드를 정상인으로 판정했고 이로서 모든 죄가 인정되어 모두 여덟 건의 살인사건이 성립되었다. 그러나 캘리포니아주 법률상 사형판결이 없었던 관계로 법원은 에드먼드에게 총 여덟 건의 무기징역을 선고하는 한편, 캘리포니아에서 가장 경비가 삼엄한 감옥의 정신과 병동으로 보내져 죽는 날까지 감금시킬 것을 선고했다.

에드먼드 사건과 그의 잔인한 범죄들은 분명 많은 사람들의 마음속에 가장 악명 높은 살인마로 기억되는 명예를 거머쥐었다. 지금까지 생존해 있는 에드먼드는 그동안 많은 범죄심리 연구가들과 전문인들에게 연구사례가 되고 있다. 그는 셀 수 없을 정도의 많은 인터뷰를 했으며 많은 작가들이 펴낸 인물 분석 서적의 주인공이 되기도 했다. 사람들이 에드먼드 캠퍼에 대해 갖는 호기심은 그의 특출한 외모와 일반적인 상식에서 벗어난 사고방식에 있었다. 그의 진술을 통해 전문가들은 많은 범죄를 저질러온 한 살인마의 마음속 가장 깊은 곳에 도사리고 있는 살인동기와 욕망, 잔인한 생각과 공포심리 등을 엿볼 수 있었다.

"나는 사냥꾼이고 그 여자들은 바로 내 포획물이었어요. 그저 그렇게 간단한 것이었습니다."

살인마는 결국 살인마일 뿐

오래 전 FBI의 저명한 범죄분석가 로버트 레슬러는 에드먼드와 오랜 시간 동안 수차례에 걸친 인터뷰를 나누었다. 그 과정에서 에드먼드가 로버트에게 한 말들은 매우 인상적인 것들이었다.

"나는 다른 사람들한테 냉혈한이나 그런 부류로 회자되고 싶지 않습니다. 하지만 아무래도 누군가 나를 죽여서 실험해야 할 필요성이 있기는 해요. 정말로 누군가를 장악하고 가지려 한다면 먼저 그 사람의 영혼을 없애야 가능한 것이니까요."

에드먼드는 열 명의 목숨을 참혹하게 앗아간 사람이었지만 평소 감옥 안에서는 주위 사람들에게 온화하고 예의바른 인상을 주는 인물이었다. 그는 자신의 경험을 다른 사람들과 나누어 갖는 일에 조금도 인색하지 않았으며 오히려 정기적인 범죄심리 분석가의 테스트에 적극 협조했다. 로버트 레슬러는 에드먼드가 오랜 시간 동안 자신과 아무런 문제없이 함께 인터뷰를 해왔으므로 더이상 인터뷰 자리에 무장경찰의 삼엄한 경비가 필요 없을 것이라고 안심하고 있었다. 그러던 어느 날 로버트 레슬러는 막 인터뷰를 마치고 테이블 밑에 있는 벨을 눌러 문이 열리기를 기다렸다. 하지만 밖에서는 아무런 인기척도 들리지 않았다. 문득 형용할 수 없는 공포가 그를 엄습해 왔다. 그 순간 에드먼드는 차가운 웃음을 머금고 그의 곁으로 가까이 다가와 앉았다. 그들 사이에 무슨 일이 생긴들 말려줄 사람이라고는 아무도 없었다.

"진정하시지! 그저 교대시간일 뿐인데 뭘 그래? 아마 최소한 15분에서 20분 후에나 당신 호출에 응해줄 걸!"

착하고 선량하게 인터뷰에 응하던 에드먼드는 갑자기 태도를 바꾸어 흥분된 눈빛을 번뜩였다. 그는 계속해서 날카로운 눈빛으로 로버트를 쏘아보며 그야말로 소름끼치는 말들을 이어갔다.

"흥! 내가 지금 갑자기 흥분되기라도 하면 참 꼴 좋아지겠군! 난 당장이라도 네 머리를 비틀어 뽑아 책상 위에 올려놓을 수도 있어! 경비원들에게 재밌는 구경거리가 되겠는데!"

아무런 방어책도 없었던 로버트는 자신이 곧 제물로 바쳐지기만을 기다리는 양과 같은 신세가 되었다는 것을 실감했다. 그는 다만 속으로 에드먼드의 열한 번째 피해자가 되지 않기만을 기도할 뿐이었다. 마치 정신과 의사처럼 단번에 로버트의 속마음을 알아차린 에드먼드는 계속해서 냉정한 어투로 말했다.

"그 사람들이 날 또 어쩌겠어? 텔레비전을 못 보게 하는 것쯤은 할 수 있을까?"

목숨이 왔다 갔다 하는 절명감이 좁은 공간 속에 정체되어 있었다. 로버트는 에드먼드가 자신을 죽인다 한들 더 이상의 처분을 받지 않을 것이라는 점을 아주 잘 알고 있었다. 오히려 감옥에서 그는 다른 범죄자들로부터 존경의 대상이 될 것이었다.

에드먼드가 우세를 차지한 듯한 상황에서 로버트는 자신에게 유리한 방법 하나를 생각해 냈다. 그는 곧 현재 FBI 요원들은 감옥을 출입할 때 무기를 소지할 수 있게 되었다는 말로 에드먼드를 진정시키기 시작했다.

이 방법은 아주 잠시 에드먼드를 움찔하게 만들었지만 그는 여전히 대수롭지 않다는 반응을 보였다.

"무슨 무기? 맨손 무술을 하시나? 어때? 당신이 날 이길 수 있을 거라고 생각해?"

바로 이때 갑자기 경비원들이 문을 열고 들어왔다. 에드먼드와 단둘이 길고 긴 20분을 함께한 로버트는 드디어 빛을 볼 수 있는 기회를 갖게 된 것이었다. 그의 머릿속에 즉각적으로 떠오르는 것은 오로지 빨리 이 끔찍한 곳을 떠나고 싶다는 생각뿐이었다. 에드먼드는 로버트가 문을 미쳐 빠져 나가지 않았을 때 일부러 손으로 그의 어깨를 두어 번 치며 이렇게 말했다.

"방금 농담이었다는 거 아시죠? 하하!"

로버트 레슬러는 그 후 다시는 어느 연쇄살인범과도 인터뷰하지 않았다. 아무런 방어책도 없이 에드먼드와 단독으로 인터뷰를 진행했던 이 값비싼 경험으로 로버트는 한 가지 결론을 얻을 수 있었다. 살인범이 아무리 우호적으로 보인다고 해도 그들은 역시 살인범이라는 사실이다. 그렇기 때문에 살인범의 표적이 되지 않기 위해서는 우선 사람을 속이는 데 익숙한 그들에게 기만당하지 말아야 한다. 만약 그가 당신을 사냥감으로 결정했다면 그들은 무슨 수를 써서라도 당신을 올가미에 걸려들게 만들고 만다. 가장 좋은 방법은 항상 어느 정도의 방어책이 있어야 하고 누군가를 죽일 의도가 없어 보이는 사람일수록 당신에게 치명상을 입힐 수도 있다는 사실을 반드시 기억해 두어야 한다.

사람은 겉모습만으로 판단할 수 없다는 것을 이 책을 읽는 여러분들은 충분히 이해하셨기를…….

살인분석 _ Case File No.5

핸리 리 루카스 (Henry Lee Lucas)

공범자와 함께 최소한 수백 명을 살해했다고 주장한 양성애 살인마.
자신의 어머니를 살해함.

killer profile

- **이름** _ 핸리 리 루카스 Henry Lee Lucas
- **출생** _ 1936년 8월 23일
- **사망일** _ 2001년 3월 13일 텍사스 헌츠빌 교도소 Huntsville Prison 에서 사망
- **습성** _ 강간 살인, 학대 고문, 남녀 불문하고 연쇄살인을 자행했으며 인육(人肉)을 먹었다고 시인함
- **범죄시기** _ 1960년~1983년
- **범죄발생지** _ 미국 전역
- **희생자수** _ 증명된 살인사건은 4명이며 최소한 150건의 살인사건을 저질렀다고 자백함(애초 350명에서 600명을 살해했다고 주장했으나 재판 중 자백을 강요당했다고 주장하여 이를 부인함). 실제 살해당한 희생자 수는 지금 현재까지도 변하고 있으므로 대조할 방법이 없음

헨리 리 루카스. 그는 80년대 중순, 한때 '가장 명성을 떨친 사형수' 였다.

"아무도 믿지 않아요. 내가 지난 십 년 동안 살인을 멈추지 않았다는 사실을요. 하지만 정말 더 이상 이렇게 살 수는 없어요. 심지어 난 내 인생에서 가장 사랑하는 여자를 내 손으로 직접 죽인 걸요……."

이는 1983년 6월 15일 헨리 리 루카스가 감옥에서 직접 진술한 내용이다. 그의 상세한 사건 묘사는 한 편의 공포영화를 보는 것과는 비교할 수 없는 무시무시한 것이었다.

"나한테 살아 있는 여자는 별 흥밋거리가 못 되요. 난 죽은 사람의 몸을 가지고 노는 걸 좋아합니다!"

최소 5백여 명의 무고한 사람을 죽였다고 주장한 헨리는 열한 건의 살인사건으로 기소되었으며, 종국에는 네 건의 살인사건이 입증되었을 뿐이었다. 그러나 그는 자신이 몇 명을 죽였는지조차 제대로 기억하지 못하고 있었다.

헨리 리는 충분히 희극적인 성격을 띠고 있는 섬뜩한 사건의 주인공이다. 전문가들은 그가 실성한 듯 5백여 명을 살해했다고 진술한 내용에 대해 오늘날까지도 어느 것이 진실이며 어느 것이 거짓인지 밝혀내지 못하고 있다.

"다른 사람의 생명을 빼앗는 것에 대해 나는 아무런 느낌도 없어요.

그건 나한테 물 마시는 것처럼 간단한 일인 걸요."

언뜻 자랑처럼 들리는 그의 말에 사람들은 깜짝 놀라는 반면, 그의 진술에 어느 정도의 진실성을 두어야 할지 의아해했다. 한편 5백 건의 살인사건을 저질렀다는 그의 주장을 뒷받침해줄 증거를 찾기 위해 당시 미국 열아홉 개 주의 경찰들은 이리저리 뛰면서 진땀을 빼야 했다.

헨리 리 루카스. 그는 도대체 어떤 사람이었는가? 그가 80년대에 가장 주목받은 연쇄살인범이 된 이유는 무엇인가?

지옥에서 온 어머니

대부분의 변태적인 살인마들은 비참한 유년 시절의 기억을 가지고 있다. 성장과정에서 이들이 느낀 고통과 상처는 세월이 흐른 후 무고한 피해자들에게 분노를 발산하는 방법을 선택하게 한다. 헨리 리 루카스는 바로 살아 있는 비극의 한 예이다.

먼저 그의 가정환경부터 살펴보자. 9남매 중 막내였던 헨리는 모두 8명의 형과 누나가 있었다. 1936년 8월 23일 버지니아주에서 태어난 그는 그야말로 슬픈 유년 시절을 보내야 했다. 그는 어린 나이에도 불구하고 어머니 비올라(Viola)의 갖은 악행과 불행으로 가득한 가정사를 모두 받아들여야만 하는 운명이었다.

헨리의 어머니는 술만 들어가면 취해서 난동을 피우고 아무 때고 손찌검을 하는 사람이었다. 그녀는 심각한 학대 성향이 있었으며 틈만 나면 철 몽둥이를 휘두르며 헨리를 쫓아다니고 때리며 위협하기 일쑤였다.

헨리의 아버지 엔더슨 루카스(Anderson Lucas)도 비올라와 별반 다를 게 없는 사람이었다. 그는 해야 할 일들을 제쳐두고 온종일 술에 빠져 살다시피 하는 알코올중독자였다. 그는 술에 취해 철도에 누워 자다가 기차에 치어 두 다리를 잃고 말았다. 그 이후로 루카스의 가정은 더욱 풍비박산이 났으며 고통스럽고 구차한 생활로 하루하루를 연명해야 했다.

가정환경이 어려웠던 루카스 일가는 물도 전기도 없는 조그마한 나무집에서 살았다. 아홉 명의 자식을 둔 비올라는 자식들을 모두 친척집으로 보내지 않으면 팔거나 입양시켰으며 불행한 헨리만이 어머니의 곁에 남아 계속해서 비참한 생활을 하게 되었다.

엔더슨이 다리를 잃은 후 비올라는 온 가족의 생계를 책임져야 했다. 하지만 비올라는 좋은 부인, 좋은 엄마가 되려고 노력하기는 커녕 반대로 '입에 풀칠이라도 할 수 있게' 매춘으로 손님을 받아 돈을 벌겠다고 공언했다. 나중에 헨리와 다리를 못 쓰게 된 그의 아버지는 언제부터인가 비올라가 시키는 대로 무엇이든 해야 했을 뿐 아니라 가축만도 못한 모욕적인 학대를 받으며 살아야 했다. 두 사람은 비올라의 극단적 감정이 발산되는 표적이나 다름없었다.

비올라는 매번 거리낌 없이 다른 남자를 집으로 데리고 온 다음 헨리와 그의 아버지 엔더슨에게 자신이 매춘하는 장면을 보도록 강요했다. 당시 아직 어린 나이였던 헨리는 어른들이 무엇을 하고 있는지 이해할 수 없었으나 이유도 모른 채 두들겨 맞지 않으려면 '재미없다'는 듯한 표정을 들켜서는 안 되었다. 거동이 불편했던 엔더슨은 치욕적인 비올라의 행동을 참지 못해 추운 겨울날 집 밖에서 하룻밤을 꼬박 새기도 했다.

극단적이고 감정적이었던 비올라는 화가 나면 헨리를 붙잡고 심한 매질을 가했다. 그녀는 가사 일을 전혀 돌보지 않았으며 자신이 데리고 온 '남자친구'가 배고플 때를 제외하고는 손 하나 까딱하지 않았다. 당연히 집안일은 헨리의 몫이 되었으며 아침부터 저녁까지 비올라의 명령에 따라 가사 일을 돌보았음에도 그녀가 헨리를 측은하게 여기는 일은 추호도 없었다. 그녀에게 있어 남편과 아들은 가축만도 못한 존재였으며 그녀의 비정상적인 언행과 심리상태는 항상 루카스 집안에 살얼음판의 긴장감을 조성했다.

헨리가 초등학교에 다니던 시절 비올라의 계속된 학대로 여린 영혼은 무참히 짓밟혔다. 그녀는 일부러 헨리에게 여자 옷을 입히고 '귀여운' 곱슬머리를 만들어 학교에 가게 했다. 당연히 그는 학교에서 친구들에게 놀림감이 되었고 창피해서 어쩔 줄 모르던 헨리는 묵묵히 치욕스러운 감정을 혼자 삭혀야 했다. 또 한번은 늘 맨발로 다니던 헨리를 보다 못한 마음씨 착한 선생이 그에게 새 운동화를 선물해 주었다. 그러나 새 신발을 신고 집을 들어서는 순간 비올라는 '남이 주는 물건을 함부로 받았다'는 이유로 헨리에게 가차없는 매질을 가했다.

고통이 무엇인지 더 이상 분간할 수도 없을 만큼 구타와 학대로 피폐해진 헨리는 학교에서도 안정감이 결핍된 학생이었다. 그의 괴팍하고 이상한 성격은 같은 나이 또래의 친구들이 감히 그에게 다가갈 수 없게 만들었다. 가벼운 학습장애가 있었던 헨리는 늘 혼자였으며 정상적인 사회성이 결여되어 오랜 시간 동안 차츰 병적인 심리가 형성되고 있었다. 어쩌면 그는 지독하게 외로웠기 때문에 잠재의식 속에서 누군가 자신에게 관심을 가져주기를 바랬는지도 모른다. 헨리는 학교에서 자주 간질병 발작을 일으켰으며 선생님에게 '머릿속에서 계속 이상한 소리가 들린다'는 말을 하기도 했다.

헨리의 액운은 집에서 어머니에게 학대받는 것말고도 밖에서까지 이어졌다. 항상 운이 따라주지 않던 그는 밖에서 놀다가 그만 부주의로 왼쪽 눈을 찔렸다. 피투성이가 될 만큼 부상은 매우 심각했지만 매몰찬 비올라는 무관심한 태도로 일관했고 헨리는 홀로 고통과 싸우다 며칠이 지나서야 병원에 보내졌다. 처음에 담당의사는 응급처치를 하려 했으나 며칠 동안 상처를 방치해 둔 것이 화가 되어 이미 치료할 수 없게 되자 하는 수 없이 손상된 안구를 제거하고 '인조안구'를 끼워 넣어야만 했다.

무시무시한 엄마를 둔 헨리는 거의 매일 조마조마한 마음으로 공포의 나날을 보냈다. 그러던 어느 날 헨리는 무슨 일인가로 또 한 번 비올라의 화를 돋우게 되었다. 화가 머리끝까지 치민 비올라는 커다란 나무막대기를 쳐들고 있는 힘껏 그의 머리를 내리쳤다. 순간 헨리의 머리에서 뇌척수 액이 터져 사방에 흩뿌려졌다. 지나치게 센 힘에 강타당한 그는 3일 밤낮을 혼수상태에 빠져 깨어나지 못했다. 아이러니하게도 그가 죽음의 문턱에서 살아 돌아올 수 있었던 것은 엄마가 데리고 들어온 버니라는 남자가 그를 병원에 데리고 갔기 때문이었다. 그 덕에 헨리는 엄마의 손에 죽지 않고 다시 살아날 수 있었다.

헨리는 도저히 즐거움이라고는 찾아 볼 수 없는 어린 시절을 보냈다. 한때는 애완동물을 키우고 싶다는 생각도 있었지만 그가 동물을 데리고 들어오기만 하면 비올라는 갖은 방법으로 불쌍한 동물들을 죽여 버렸다. 이유는 단지 헨리에게 단순한 즐거움을 주고 싶지 않다는 것뿐이었다. 이때부터 헨리는 생명을 가치 없는 것으로 여겼으며 모든 기쁨과 아름다움마저도 진실되게 여기지 않게 되었다. 그리하여 그는 점점 삶의 모든 것들을 가볍게 대하기 시작했다.

열세 살이 되기 이전 헨리의 생활은 이미 극도로 열악한 상황에 처해 있었다. 헨리와 불구가 된 그의 아버지가 유일하게 어울릴 수 있는 부분은 바로 함께 술을 마시는 것이었다. 헨리는 열 살이 되기도 전부터 이미 어린 술고래였다.

헨리는 열세 살 때부터 다른 사람들의 음식과 돈을 훔쳐 생계를 유지했다. 그리고 얼마 후 아버지가 죽자 온통 세상을 향한 분노로 머릿속을 가득 채운 헨리가 탄생하게 된다. 당시 헨리는 집을 떠나 불공평한 세상에 자신만의 '보복행위'를 펼치고 싶어했다. 그는 극명한 성도착증 성향이 있었으며 늘 복수극을 현실로 옮기면 더할 수 없는 쾌감을 맛볼 수 있을 것이라는 환상에 사로잡혀 있었다.

오랫동안 헨리의 유일한 즐거움은 엄마를 따라 들어온 버니와 비정상적인 놀이를 하는 것이 전부였다. 버니는 헨리에게 동물을 잡아 학대하고 고문하는 것을 가르쳤다. 그는 헨리에게 동물의 목을 자르게 하고 심지어 동물과 섹스하도록 강요했다.

헨리의 진술에 따르면 그의 첫 번째 살인 경험은 열네 살 때였다. 이미 작은 동물을 고문하고 죽이는 것에 만족할 수 없었던 헨리는 더 큰 표적물을 사냥하고 싶었다. 1952년의 어느 날 그는 강한 욕망에 사로잡혀 그의 인생에 있어 첫 번째 살인을 하게 된다. 헨리는 버스정거장 부근에서 열일곱 살의 여자아이를 혼절시킨 후 산 속으로 끌고 가 소녀를 강간하려고 했다. 하지만 정신이 돌아온 여자아이가 필사적으로 반항하자 뜻대로 되지 않는 것에 화가 치민 헨리는 홧김에 그녀의 숨이 끊어질 때까지 목을 조여 질식사시킨다. 그녀의 이름은 30년 뒤인 1983년 헨리가 범행을 자백하면서 라우라 번리(Laura Burnley)라는 소녀로 밝혀졌다.

사춘기를 겪고 있던 헨리의 성격은 이미 정상적인 궤도를 완전히 이탈해 있었으며 계속해서 타락한 생활방식에 젖어 있었다. 그는 집으로부터 벗어나기 위해 학교수업이 끝나면 동네를 빈둥거리며 돌아다녔고 물건을 훔치고 강도짓을 일삼으며 5년 동안 끊임없는 범죄 속에 살았다. 그러면서 그는 체포되고 기소되는가 하면 감옥에 수감되는 일도 많았다. 그런 와중에 그는 탈출을 시도하기도 했다. 5년간의 교도소 생활 후 그는 1959년 조기석방되어 풀려났다.

학대받는 아들의 말로

1959년 9월 헨리는 감옥에서 나온 후 누나의 집으로 거처를 옮겨 지냈다. 그리고 얼마 후 전부터 알고 지내던 스텔라와 사랑에 빠지게 되었다.

어쩌면 그녀는 헨리의 삶에서 가장 정상적인 감정으로 사랑을 나눈 사람이었을 것이다. 어쨌든 둘의 관계는 빠르게 발전되어 갔으며 그것은 하늘이 헨리에게 새로운 인생을 주는 기회와 같았다. 둘의 관계가 깊어지자 스텔라는 헨리의 구혼을 흔쾌히 받아들였다.

이렇게 모든 일이 순조롭게 진행될 무렵 헨리의 어머니는 또다시 그에게 마수의 손을 뻗쳐왔다.

1960년 1월 11일 나이가 들었어도 여전히 술 속에 빠져 살던 비올라는 헨리가 사는 곳을 방문한다. 헨리의 어린 시절 끊임없이 잔소리만 늘어놓던 그녀는 결국 아들에게 사랑을 포기하고 자신의 부양을 책임질 것을 강요했다. 헨리도 그런 어머니에 맞서 열심히 반박했으나 비올라의 지칠 줄 모르는 집요함은 헨리의 감정에 불을 질러 더 이상 화를 참을 수 없게 만들었다. 마침 스텔라가 집으로 돌아왔을 때 두 모자의 난폭한 말싸움은 한창 무르익어 있었다.

스텔라는 착하고 온화한 성격의 여자아이였다. 그녀는 자신의 남자친구와 어머니의 격렬한 싸움을 보자 자신에게 펼쳐질 미래가 이미 예견된 불행으로 가득 차 있는 것만 같았다. 결국 스텔라는 헨리와 당장 헤어질 것을 결심한다. 헨리의 어떤 설득에도 그녀의 마음은 다시 돌이킬 수 없었다.

어머니의 방해로 사랑하는 사람을 떠나보내면서 아무것도 할 수 없었던 헨리가 당장 할 수 있는 것이라고는 근처에 있는 술집을 찾아 술에 취해 버리는 것뿐이었다.

헨리가 집을 뛰쳐나가자 비올라도 곧 따라 나와 술집에서 한바탕 싸움을 벌이고 그 싸움은 누나의 집으로까지 이어졌다. 비올라는 입에 거품을 물고 자신의 아들을 나무랐다. 소리를 지를수록 격렬해진 비올라는 손에 잡히는 대로 옆에 있던 빗자루를 있는 힘껏 헨리의 머리 위로 휘둘렀다. 이미 참을 수 없을 만큼 화가 난 헨리는 두 동강이 난 빗자루를 보자 곧 맹렬한 눈빛으로 자신의 어머니를 쏘아보았다. 그리고 언제 손에 쥐어졌는지 모르는 칼로 비올라에게 일격을 가했다. 비올라는 단번에 바닥에 쓰러져 그 이후로 다시는 일어나지 못했다.

헨리의 누이가 집에 돌아왔을 때는 이미 비올라가 바닥에 쓰러진 지 40시간이 경과한 후였다. 그녀는 아직 숨이 붙어 있는 비올라에게 응급처치를 시도했으나 소용없는 일이었다. 비올라는 끝내 그렇게 자신의 아들 손에 죽었다. 사건 보고에서도 알 수 있듯이 비올라는 공격을 당한 다음 바로 즉사한 것이 아니었다. 비올라의 직접적인 사망요인은 심장이 충격을 견디지 못하여 서서히 숨을 멈춘 것이었다.

어머니를 시해한 헨리는 도주 며칠 후 경찰에 의해 체포되었다. 비록 그는 자신의 행위가 '정당방위'였다고 주장했으나 20년에서 40년의 유기징역을 선고받았다.

악마의 영혼과 싸우는 나날들

1960년 3월 헨리 리 루카스는 모친 살해죄로 감옥에 들어간다. 그로 인해 감옥에 수감되던 날부터 그는 다시 환각과 환영에 시달리게 된다. 그의 우울증과 망상증은 때론 자학으로, 때론 여러 가지 탈선행위로 표출되었으며 차츰 그의 영혼을 지배해 갔다.

그는 적어도 10년간 자신의 마음속에 자리한 악마와 싸워왔다고 털어놓았다. 복역기간 동안 그는 3번의 자살을 시도했다. 그 이유에 대해 그는 이런 말을 했다.

"어머니가 자신을 죽인 대가를 치루라고 했어요. 그녀는 내가 스스로

이 모든 것을 끝장내기를 기다리고 있단 말입니다!"

헨리가 앓고 있던 마음의 병에 대해 교도소 측과 정신과 의사들은 일정기간을 두고 약물치료를 했으나 어떤 약도 헨리를 정상적인 궤도로 끌어올릴 수 없었다. 반대로 폭력적인 성향이 심각했던 헨리는 장기 치료 후 더욱 거칠게 변하여 언제든지 누구라도 공격할 준비가 되어 있는 야수와 같았다.

1966년 헨리의 담당의는 그를 극도로 자폐적이며 소심한 사람이라는 소견과 함께 그가 사회에 아무런 위협도 될 수 없다고 판단함으로써, 이 불쌍한 외눈박이 살인마를 석방해 줄 것을 건의했다.

1970년 6월 3일 헨리는 담당의의 진료 보고에 의해 가석방으로 풀려나게 된다. 그는 당시 감옥을 나서기 전에 교도관에게 이런 말을 했다고 한다.

"지금 나를 풀어주면 나는 분명 또 살인을 하게 될 겁니다."

그는 바로 출옥한 당일 날 자신의 약속을 지켰다. 그날 헨리가 다시 자유를 되찾게 되면서 목숨을 잃은 사람은 둘이었다. 그 중 첫 번째 피해자는 교도소에서 불과 몇 미터 떨어지지 않은 곳에서 봉변을 당했다.

헨리는 자유의 몸이 된 후 다시 친척집으로 거처를 옮겼다. 이때도 그는 여전히 또 다른 범죄에 대한 강한 욕구를 억제할 수 없었다. 출옥을 하고 만 1년 후 그는 또 한번 여자아이를 살해하려다 체포되어 4년 동안 수감되었다. 그리고 1975년이 되자 헨리는 유연해진 언변으로 교도소 측을 구슬려 자유를 호소한다. 그는 조용한 곳을 찾아 자아를 찾고 새로운 생활을 할 것이며 다시는 죄를 짓지 않을 것을 맹세했다. 한참을 설득한 후에야 헨리는 비로소 두 번째 석방의 기회를 얻게 된다. 안타까운 것은 경찰 측의 잘못된 판단이 결국 그로 하여금 무수한 살인사건을 범하는 길을 열어준 셈이 되었다는 사실이다.

1976년부터 1978년 사이 헨리는 마치 유혹으로 가득 찬 도박장에 들어선 것 같았다. 그에게 있어 안정적인 일과 생활은 생명을 낭비하는 것과 같았다. 2년 동안 그는 결혼생활을 통해 정상적인 생활을 하려는 노력을 보이기도 했으나 결국은 부인이 데리고 온 딸을 성희롱하여 고발당함으로써 이혼으로 막을 내렸다.

다시금 곤경에 처하여 무일푼이 된 헨리는 부인과의 관계를 청산한 후 이번에는 플로리다주의 잭슨빌(Jacksonville)로 향했다. 그는 굶주린 배를 채우기 위해 부랑자를 위한 수용소에서 배식을 받으며 생활했다. 그러던 어느 날 그가 줄을 서서 배식을 기다리고 있을 때 오티스 툴(Ottis Toole)이라는 남자가 그에게 다가왔다. 둘은 이야기를 주고받는 사이 어딘지 모르게 서로가 매우 비슷하다는 느낌을 받았다. 헨리와 오티스의 운명적인 만남은 그들의 남은 인생에 매우 결정적인 역할을 했으며 그렇게 해서 '악마와 야수'의 완벽한 결합이 탄생되었다.

외눈박이 악마와 그의 영적인 동반자

오티스 툴의 병적인 이상심리는 어쩌면 이미 헨리를 훨씬 앞서 있는 사람이었다. 오티스는 헨리를 만나기 전에 이미 미국 4개 주를 돌아다니며 적어도 4건의 살인사건을 저지른 유력한 살인용의자였다. 오티스는 전형적인 성도착증에 정신병자였다. 그가 처음으로 사람을 해친 것은 열네 살 때였다. 당시 방방곡곡을 다니며 물건을 판촉하던 한 판매원은 오티스를 숲 속으로 데리고 가서 섹스를 강요했으며 오티스는 그의 캠핑카로 뛰어들어가 맞서 싸우던 중 그를 잔인하게 도륙한 경험이 있었다.

오티스는 양성애자였으며 여장남자로 차려입고 범죄를 저지르는 습관이 있었다. 뿐만 아니라 그는 각지를 배회하며 어디에서나 섹스 상대를 찾았다. 그는 쾌락을 추구하는 외지 사람들을 전문적으로 유혹했다. 그러고 나서 총이나 칼로 상대방을 죽이고 피해자의 시체를 토막내어 도저히 알아 볼 수 없을 만큼 훼손한 다음 내다 버리곤 했다.

만나자마자 의기투합한 헨리와 오티스는 마치 오랫동안 헤어져 지낸 친형제나 연인처럼 뜻이 잘 맞았다. 뿐만 아니라 그들은 서로의 비극적이면서도 비참한 성장과정마저 비슷했다.

오티스는 지능이 약간 모자라는 사람이었다. 그는 초등학교를 마치지 못하고 중도에 퇴학했으며 헨리처럼 어렸을 때 누나와 한 남자로부터 성관계가 무엇인지 배우게 되었다.

어렸을 때 아버지에게서 버림받은 오티스에게도 그를 여자아이처럼 입혀주고 꾸며주던 엄마가 있었다. 그리고 그의 할머니는 악마를 숭배하는 사이비 종교에 빠져 있는 신도였다. 심지어 그는 할머니가 직접 다른 사람의 무덤에서 신선한 시체를 파내어 그것을 제물로 악마에게 제사 지내는 것을 목격하기도 했다.

오티스는 전형적인 연쇄살인범들의 다양한 특징을 갖고 있었다.

그는 어렸을 때부터 불지르기를 좋아했다. 그는 이러한 행동을 함으로써 성적 만족을 얻거나 일종의 해방감을 느꼈다. 어려서부터 형성된 여러 가지 나쁜 습관들은 그로 하여금 열네 살 때부터 밖으로 살인에 대한 욕망을 표출하게 만들었다. 헨리와 오티스가 그처럼 마음을 터놓을 수 있었던 것은 서로에게 더욱더 통쾌하게 살인할 것을 격려해 주었기 때문이었다. 그들은 처음 만나고 얼마 안 가 곧 서로를 가족처럼 대했으며 오티스가 헨리를 자신의 집으로 데리고 들어가자 헨리도 그 새로운 귀착점에 금방 익숙해져 갔다.

오티스의 집에는 노부부와 부인, 그리고 두 조카아이가 함께 살고 있었다. 오티스는 아무 때고 걸핏하면 이상한 사람들을 집에 데리고 들어와 한동안 함께 살고는 했다. 그렇기 때문에 이번에도 헨리의 등장은 그들에게 조금도 이상할 것이 없었다. 간단히 말하면 헨리는 그들의 눈에 오티스의 또 다른 '성적 애완동물'일 뿐이었다.

오티스의 부인 노벨라(Novella)와 이제 갓 열한 살 밖에 안 된 조카 프리다(Frieda)는 가끔 그의 섹스게임에서 '초대 손님'처럼 여러 가지 역할로 함께 어울렸으며 주로 헨리와 오티스의 '부인들'이 되어 주었다. 헨리는 그러한 가정 속에서 안정적이고 행복한 느낌을 받았을 뿐만 아니라 특히 오티스의 조카에게 사랑의 감정을 갖게 되었다. 몇 년 안 되는 시간 동안 헨리는 자신의 딸뻘되는 여자아이 '베키(Becky)'(헨리는 그녀를 베키라고 부르는 것을 좋아했다)와 상상을 초월한 불륜의 사랑을 키워갔다.

음탕한 야수, 2인조

당시 사건보고서의 집계에 의하면 헨리와 오티스가 만나고 얼마 후부터 미국 전역에는 '미해결 살인사건'들이 속속 등장하기 시작했다. 이들 살인사건들은 모두 고속도로 부근에서 발생했으며 심지어 어떨 때는 하루에 몇 구의 시체가 발견되는 일도 있었다고 한다. 경찰당국은 이러한 단서를 근거로 살인범이 고속도로에서 무작위로 살해 대상을 물색하고 있다고 추정했다.

사실상 이들 2인조 살인범은 서로 만난 지 얼마 되지 않아서부터 마치 '드라이브'를 즐기듯 같이 차를 타고 다니며 자극적인 일을 찾고 있었다. 그 두 사람에게 있어 자극적이라 함은 눈에 띄는 사람들을 닥치는 대로 죽여 버리는, 그런 것이었다. 그들은 함께 소규모의 은행을 털거나 가게나 주유소를 대상으로 강도를 일삼기도 했다. 그들은 범죄를 저지르는 동안 간혹 오티스의 두 조카를 데리고 다니기도 했다. 한 명은 베키였고 나머지 한 명은 베키의 남동생 프랭크였다. 베키는 이때 열두 살밖에 안 되었지만 이미 헨리의 정식 부인이 되어 있었다.

한번은 그들이 작은 가게를 털러 들어갔을 때였다. 오티스는 금고 안의 현금을 맡고 헨리는 여점원을 맡아 밧줄로 그녀를 묶고 있었다. 놀란 여점원이 기겁을 하며 소리를 지르자 헨리가 냉정하고 나지막한 목소리로 그녀에게 경고했다.

"다시 한 번 소리지르면 죽여 달라는 걸로 알겠어!"

여점원은 금방 비명을 멈추었으나 헨리 일당이 옆에서 돈을 세고 있을 때 그들의 눈에 띄지 않게 조심스레 탈출을 시도했다. 이를 본 헨리는 단걸음에 그녀에게 다가가 관자놀이에 22구경 소총을 겨누고 주저없이 방아쇠를 당겼다. 그런 다음 헨리는 그녀의 시체를 끌고 가 차 뒷좌석에 내팽개쳤다. 그는 오티스가 뒷좌석에서 시체가 된 여점원을 강간하는 것을 보며 침착하게 차를 몰고 유유히 그곳을 벗어났다. 헨리는 말한다.

"바로 그게 오티스와 나의 다른 점이에요. 오티스는 죽이고 싶은 생각이 들면 누구든 그냥 죽여 버리고 말지만 나는 최소한 먼저 경고를 해주잖아요."

헨리의 눈에 비친 오티스는 언제든지 살인을 저지를 수 있는 그야말로 살인마였다. 그들이 텍사스에 갔을 때의 일이다. 어느 날 그들은 텍사스 I-35번 고속도로 부근을 달리던 중 길가에서 고장난 듯 보이는 자동차와 남녀 한 쌍을 발견했다. 이를 발견한 오티스는 재빨리 총을 꺼내 들고 아무 말 없이 남자의 가슴에 아홉 발의 총알을 날렸다. 피투성이가 된 남자친구를 바라보며 놀라 곧 미쳐 날뛰기라도 할 것 같던 여자는 어느새 헨리에 의해 차 안으로 끌려들어갔다. 죽을 듯이 발버둥치고 소리를 질러도 그곳을 빠져 나갈 수 없던 여자는 남자친구의 시체가 마치 쓰레기처럼 오티스의 발길에 채여 길가로 던져지는 장면을 울며불며 두 눈으로 지켜보고 있을 수밖에 없었다.

남자의 시체를 처리한 다음 아직 차 안에 남겨진 여자는 헨리의 몫이었다. 오티스가 운전을 하고 고속도로를 달리기 시작했을 때 헨리는 이미 폭력을 가하며 미친 듯이 여자를 유린하고 있었다. 운전 중이던 오티스는 헨리가 여자에게 완전히 정신이 나간 것을 보고 말할 수 없는 질투심을 느꼈다. 한때 헨리가 다른 사람과 사랑을 나누는 것을 도저히 보고 있을 수 없다고 말했던 오티스는 결국 참지 못하고 급브레이크를 밟아 차를 세운 다음 여자를 도로변으로 끌고 나와 잔인하게 여섯 발의 총알을 쏘고 죽어가는 그녀를 길가에 그대로 내버려둔 채 다시 길을 떠났다.

비록 두 사람의 관계는 서로 믿을 수 있는 동료지간이었지만 사실 그들은 경쟁 상대이기도 했다. 결국 헨리와 오티스는 나중에 가서는 서로 누가 더 잔인한 냉혈한인지를 증명해 보이는 데만 급급했다. 그들 사이에는 '내가 죽이는 걸 한번 봐라'라는 식의 보통 사람으로서는 도저히 이해할 수 없는 묵약이 성립되어 있었다. 두 사람이 손잡고 닥치는 대로 범죄를 저지르던 몇 년 동안 불행히도 그들과 맞닥트린 사람들은 남녀노소를 불문하고 모두 죽음으로부터 도망칠 수 없었다. 헨리는 특히 고장난 자동차와 함께 서 있는 외로운 여자에게 접근하는 것을 좋아했다. 그는 그런 여자들을 일컬어 '돈 안 내고 먹는 점심 식사'라고 말하곤 했다. 상상하기도 힘든 일이지만 이 두 사람이 아무런 목적 없이 드라이브를 하고 다니는 목적은 오로지 '쾌락을 위한 살인'이 전부였다. 그들이 아무런 걱정 없이 마음껏 범죄를 저지르고 다닐 수 있었던 것은 모두 자연적인 힘이 자신들을 인도한다고 굳게 믿고 있었기 때문이었다.

그러나 아무리 빈틈없는 살인범이라고 해도 언젠가는 실수를 하게 마련이었다. 그들의 범행 범위는 미국 전역에 걸쳐 있었으나 그들이 남긴 단서들은 경찰당국으로 하여금 헨리와 오티스에게 가장 큰 혐의를 두게 만들 만했다.

어느 날, 또 한 구의 여자 시체가 풀숲에서 나체로 발견되었다. 피해자의 가슴과 목, 손목 등에는 모두 서른다섯 군데나 흉기에 찔린 자상이 있었다. 또 피해자의 양쪽 유두는 모두 떨어져 나간 상태였으며 사건 현장 어디에서도 사라진 시신의 일부를 찾을 수 없었다.

이 악마와 야수의 결합이 낳은 범죄는 최소 백여 건에 달했다. 하지만 실제 피해자의 숫자는 그들 자신조차 정확히 알지 못했다. 전문가들은 그들이 저지른 범죄가 적어도 3백 건의 살인사건이라고 판단했다. 이러한 집계는 나중에 두 살인마가 당시를 회상하며 뿌듯해하는 표정을 짓게 만들어 주었다. 그들은 경찰의 취조에 당황해하는 기색없이 자세하게 자신들의 업적을 설명해 나갔다. 한 가지 이상한 점은 두 사람 다 자신의 배후에 신비한 조직이 있으며 그들이 살인을 교사한 것이라고 주장했다는 사실이다. 더 신기한 노릇은 헨리 자신이 받았다고 주장한 엄격한 살인훈련과 유괴, 사냥 등 각종 범행 방법을 전수한 조직을 '죽음의 손(Hand of Death)'이라고 정확한 명칭까지 말했다. 경찰당국은 그가 묘사한 조직이 기껏해야 사탄을 숭배하는 사이비 종교려니 생각하면서도 헨리의 진술을 토대로 그 조직을 찾아나섰지만 역시 아무것도 알아내지 못했다. 지금 현재까지도 그러한 조직이 실제로 존재했었는지에 대해서는 공식적으로 알려진 바가 없다.

살인마의 진술

몇 년을 함께 하면서 수많은 범죄를 저질러 온 헨리와 오티스는 결국 각자의 길을 가게 된다. 1981년 오티스는 어머니의 죽음을 맞은 다음부터 술과 마약에 손대기 시작했다. 그는 이때부터 줄곧 세상을 향한 복수를 펼치기라도 하듯 도처에서 범죄를 저질렀다.

그해 8월 10일 발생한 여섯 살 남자아이의 토막살인사건은 온 국민의 관심을 집중시켰다. 남자아이의 머리가 발견된 장소는 한 터널의 하수구였다. 잔인한 범행 수법에 사람들은 보는 이마다 눈시울을 붉혔다(註 : 오티스는 이 남아의 살인을 시인했으나 나중에는 강압적인 수사로 자백을 강요당했을 뿐이라며 진술을 번복했다). 당시 피해자인 남아의 아버지 존 월시(John Walsh)는 사랑하는 아들을 되찾기 위해 사건과 관련된 각종 조사에 적극적으로 참여했으며 아들이 이미 살해당했음이 밝혀진 후에도 뜻을 저버리지 않고 계속해서 사회의 악을 제거하는데 자신의 온힘을 쏟아부었다. 그리하여 그는 미국 최대의 수사 프로그램인 〈아메리카 모스트 원티드(America's Most Wanted)〉에서 사회를 맡기도 했다. 이 프로는 지금도 많은 범죄자들을 체포하는데 도움을 주고 있으며 존 월시는 이때부터 미국 국민들의 마음속에 정의의 화신으로 기억되어지고 있다.

오티스는 13개월이라는 짧은 시간 동안 미국 6개 주를 돌아다니며 총 아홉 명의 목숨을 앗아갔으며 최소 40여 건으로 추측되는 방화를 저질렀다. 결국 그는 플로리다주에서 방화범으로 체포되었고 이것으로 헨리와 오티스 2인조는 드디어 해체될 수밖에 없었다.

오티스가 21년의 유기징역을 선고받은 후에도 1982년 헨리는 자신의 어린 연인 베키를 데리고 하루하루 살인을 하며 떠돌이 생활을 하고 있었다. 헨리는 베키에게서 사랑을 느끼기 시작하면서부터 계속해서 부부의 형태를 유지해 갔다. 당시의 베키는 열두 살밖에 안 된 소녀였으나 이미 헨리와 성관계를 가져온 지 오래였다.

1982년 5월 헨리가 베키를 데리고 미국 텍사스에 도착했을 때의 일이다. 그는 거기서 잭 스마트(Jack Smart)라는 마음씨 좋은 사람을 알게 되었다. 잭은 헨리를 고용하여 연로해서 거동이 불편한 자신의 장모 케이트 리치(Kate Rich)를 보살펴 줄 것을 요청했다. 처음 얼마간은 모든 것이 순조로웠다. 그러나 1983년 6월 헨리가 총기 소지로 체포되어 경찰 측의 신문을 받고 단순한 절차가 거의 끝나갈 때쯤이었다. 헨리는 돌연 이제까지 자신이 저질러왔던 악행들을 모두 하나하나 실토하기 시작했다. 그리고 잭은 그때서야 지난 1년 동안 케이트의 생활이 결코 '순조롭지' 못한 날들이었다는 사실을 깨닫게 되었다!

경찰서에 남아 계속 조사를 받던 헨리는 천천히, 그리고 여유 있게 자신이 저지른 모든 범행과 보통 사람으로서는 도저히 믿기 힘든 살인 수법들을 놀란 대중들 앞에 적나라하게 폭로했다.

먼저 헨리는 케이트에 대한 살인을 순순히 자백했다. 1982년 9월 16일 그는 연로하여 거동이 불편한 케이트를 외진 곳으로 끌고 갔다. 그때 헨리는 이미 차 안에서 그녀를 칼로 찔러 죽이고 시체를 겁탈한 후였다. 그런 다음 그는 부근에 있는 폐기물 더미 사이에서 큰 구멍을 찾아내어 케이트의 시체를 있는 힘껏 그곳에 쑤셔 넣었다. 헨리의 자백에 따르면 그는 케이트를 숨겨둔 지 근 한 달 만에 다시 사건현장을 찾아 그녀의 시체를 집으로 가져간 다음 다시 평온하게 안치시켜 주었다고 진술했다. 그러나 그가 말한 소위 '적당한 처리'란 바로 꼬박 이틀이라는 시간에 걸쳐 케이트의 시체를 말끔히 태워버리는 것이었다.

이어서 헨리는 1982년 8월 24일에 자신의 인생에서 가장 사랑하던 여자, 베키를 '처리'했다고 실토했다.

당시 정처 없이 떠도는 생활에 싫증난 베키는 헨리에게 그들의 현실에 대한 불만을 토로하며 집으로 돌아갈 것을 종용했다. 며칠의 말다툼 끝에 헨리는 집으로 돌아갈 것을 약속했다. 헨리는 집으로 돌아가는 길에서도 베키를 설득하려 했고 자신의 곁에 있어 달라고 애원했다. 그러나 이미 인내심을 잃기 시작한 베키는 그가 어떤 말을 해도 듣지 않았으며 그의 말이라면 무엇이든 결사적으로 반대했다. 끝없는 말다툼을 주고받는 사이 싸움은 이내 격렬해져 갔다. 나이는 어려도 지는 것을 죽도록 싫어했던 베키는 미친 듯이 소리를 지르고 욕을 하며 감정이 격해져 헨리의 뺨을 후려쳤다. 이에 격노한 헨리는 화가 치밀어 순간 베키를 칼로 찔러 죽였다.

"그녀는 그냥 한번 휘둘린 다음에 쓰러져 버렸어요. 제가 기억하는 건 그게 다예요."

헨리는 자신이 가장 사랑하던 여자를 죽였다는 사실을 도저히 믿을 수 없었다. 그러나 그는 베키를 죽인 다음 충동적으로 그녀의 시체와 섹스를 했으며 냉정함을 되찾게 되자 베키의 손가락에 끼워진 반지를 빼내고 그녀의 몸을 토막내 버렸다.

당시 헨리는 마음을 진정시키고 먼저 조심스럽게 베키의 머리를 잘라낸 다음 사지를 절단하고 마지막으로 그녀의 몸을 두 동강 내었다. 대대적인 작업을 마친 후 베키는 아홉 개의 토막난 시체가 되어 있었다.

처음에 그는 베키의 토막시체를 베갯잇 속에 넣어 버릴 생각이었으나 다시 생각을 바꿔 외진 숲 속에 토막난 아홉 개의 시체를 각각 따로 버리기로 결심했다.

헨리는 그곳에서 자신을 알아볼 사람이 없었기 때문에 더 이상 추적하기는 힘들 거라고 생각했다. 한편 그는 베키가 생전에 자신과 자주 다녔던 교회를 찾아가 사람들에게 그녀가 자신을 버리고 혼자 고향으로 돌아갔다고 떠벌이고 다녔다.

어쩌면 헨리의 진술처럼 베키는 정말 그가 평생 동안 가장 사랑했던 여인이었을지도 모른다.

베키의 시체를 유기하고 2주일 후 헨리는 미안한 마음을 안고 그녀의 시체가 버려진 곳을 찾아갔다. 흐뜨러진 시체를 다시 모아 정식적인 장례방식으로 베키를 땅에 묻어 주었다. 그러나 헨리에게 그 일은 어떻게도 용서받을 수 없는 죄책감에 시달리게 만들 뿐이었다.

외눈박이 살인마의 종말

헨리 리 루카스는 그야말로 당시 전 미국의 관심을 집중시킨 살인마였다. 그는 연이어 새로운 범행을 자백했으며 심지어 자신이 '수백 명'을 죽인 장본인임을 자청하고 나섰다.

그와 동시에 헨리는 이미 수감 중인 자신의 전 동료 오티스 툴에게 편지를 썼다. 편지는 오티스가 자기처럼 모든 죄를 시인하기를 진심으로 바란다는 내용으로 쓰여져 있었다. 그 결과 편지를 받은 오티스는 주동적으로 헨리와 합세하여 두 사람의 공범하에 6백여 명을 살해했다는 내용의 자백을 실토하게 되었다.

경찰당국은 한때 헨리의 진술을 토대로 과거의 미해결사건과 대조하는 작업에 착수했으나 그는 결국 열한 건의 살인사건으로 기소되었다. 헨리는 그 중에서 1979년에 발생한 '오렌지 삭스'라는 별명을 가진 여성 히치하이커를 살해한 사건으로 사형선고를 받았다.

헨리는 사형 날짜가 잡힌 1998년 형기를 미룰 기회를 갖게 된다. 당시 텍사스 주지사였던 조지 W. 부시는 '오렌지 삭스' 사건에 많은 의문점이 남아 있다는 판단 하에 명백한 증거를 찾기 전까지 헨리의 사형을 취소하기로 결정하고, 형기를 유기징역으로 정정했다. 이로써 헨리는 유일하게 미국 역사상 정치인이 형 집행에 관여했던 연쇄살인사건의 주인공이 되었다.

한편 헨리의 '영적인 동반자' 오티스 툴은 바로 1991년 80년대에 발생한 네 건의 살인사건으로 무기징역을 선고받았다. 물론 헨리도 그 네 건의 살인사건에 함께 기소되었지만 같은 법정에서 재판을 받지는 않았다. 그리고 1996년 오티스는 감옥에서 간경화로 사망했다.

2001년 3월 13일 당시 70이 가까워진 살인마 헨리 리 루카스도 옥중에서 심장쇠약으로 사망했다.

결국 헨리와 오티스가 전국을 누비며 살인을 낙으로 삼던 그들의 인생에서 몇 명을 살해했는지 혹은 그들이 스스로 저지른 죄만큼의 동등한 대가를 치렀는지에 대해서는 누구도 쉽게 답할 수 없는 부분이다.

그나마 악마를 연상케 하는 헨리와 오티스라는 2인조 살인마가 이미 세상에 존재하지 않는다고 생각하면 기분이 조금 나아질지도 모르겠다.

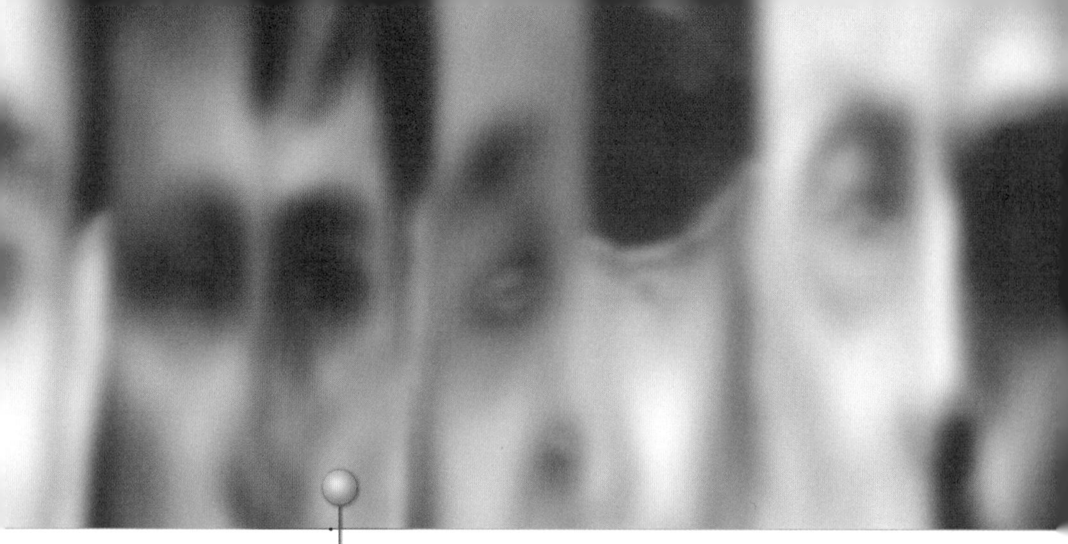

Edmund Kemper 에드먼드 캠퍼

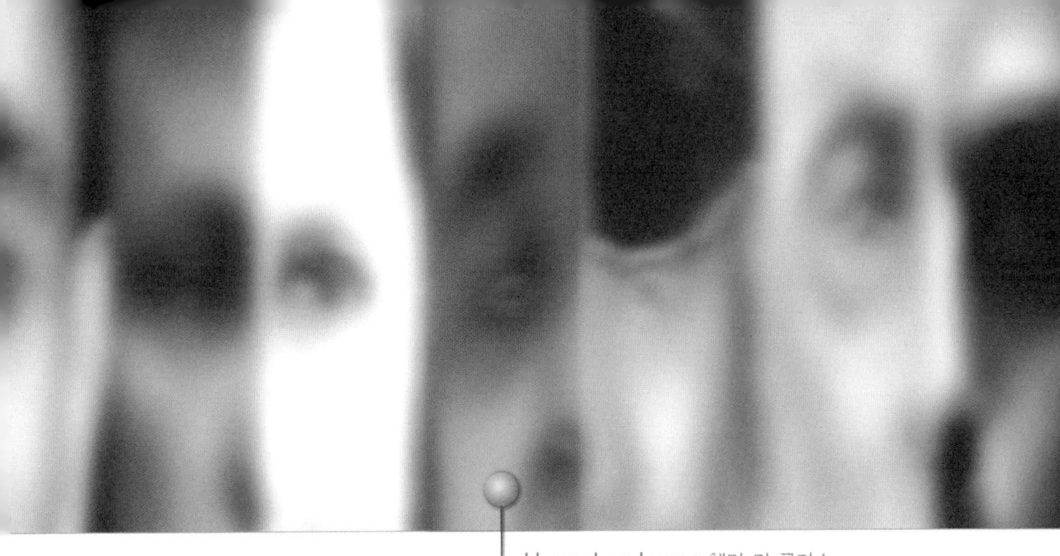

Henry Lee Lucas 헨리 리 루카스

Ⅶ. 연쇄살인범의 성장과정

불온한 가정이 미치는 영향

어린아이가 넘어지거나 어딘가에 부딪혀 상처가 남는 일은 흔히 있을 수 있는 일이다. 하지만 반드시 주의해야 할 것은 살인범들 중 80%가 성장과정에서 악의적인 폭행으로 상해를 입은 적이 있었다는 사실이다. 다시 말하면 그들 대부분이 어렸을 때부터 부모의 학대를 받으며 자랐거나 주먹질과 발길질을 당하는 것 정도는 다반사였다.

대다수의 살인범들은 비참하고 때론 동정할 수밖에 없는 어린 시절의 기억들을 갖고 있다. 그들은 관심과 보살핌이 가장 필요한 순간에 오히려 부모의 방치와 냉대를 체험하게 되는 데 이는 통상적으로 부모 자신의 문제에서 시작되는 경우가 대부분이다. 그렇기 때문에 이들은 태어나자마자 하루하루 지옥 같은 생활 속에서 몸과 마음에 깊은 고통을 받으며 성장하게 된다.

조사결과 대부분의 살인범들은 보통 사람들로서는 도저히 상상할 수조차 없는 아동학대를 몸소 겪어본 적이 있으며 그 잔인함의 정도는 상상을 초월하여 오히려 무시무시한 살인범을 측은하게 여길 수밖에 없을 정도라고 한다. 똑같은 인간임에도 불구하고 그들은 왜 그토록 비참한 삶을 살아야 했는가?

어떤 살인범이 수차례에 걸쳐 강간살인사건을 저지르고도 후회나 죄책감을 보이지 않고 다만 세상이 자신을 대한 방식대로 다른 사람을 대했을 뿐이라고 주장한다면 그것은 궤변에 불과하다고 할 수 있다. 하지만 그들이 성장한 작은 세계 속에서 그 말은 분명 진실된 고해(告解)였을 것이라고 생각한다.

또 다른 살인범의 예를 들어보자. 어떤 사람은 매일 자신의 엄마가 다른 남자와 성관계하는 모습을 보도록 강요당하고 심지어는 어머니에게 떠밀려 낯선 사람과 성관계를 하게 되는 경우도 있었다. 또 어떤 사람은 매일같이 노예처럼 부려먹는 부모로부터 심한 구타를 당하기도 했다. 그렇게 온몸이 상처투성이가 되어 때론 눈을 못 쓰게 되거나 머리를 다쳐도 그들의 부모는 그들을 의사에게 데리고 가지 않는다. 혹은 남자아이에게 드레스를 입혀 학교에 보내 아이가 또래나 다른 사람들에게 비웃음거리가 되는 것을 즐기기도 한다. 이러한 정신적, 신체적 학대 속에서 비극적인 어린 시절을 보낸 사람들은 성장 후에도 정상적인 삶을 살 수 없었던 것으로 나타났다. 이들은 어려서부터 일종의 신에 대한 믿음을 포기하고 조금 덜 맞으면 운이 좋은 것이라고 생각했으며 좋은 일이 생겨도 위축되거나 자신에게 좋은 일이 생겼다는 사실을 아예 믿지 못할 때가 많았다. 이들이 부모에게서 배운 것이라고는 폭력이 대부분이었으며 이들에게 폭력은 곧 권위를 상징하는 것이었다. 폭력은 상대방을 두려움에 떨게 하고 우러러보게 만들며 얻고 싶은 것을 얻게 해

주는 것이라 믿게 만들었다. 그리고 그 믿음은 어느새 자신을 지키기 위한 당위성으로 이어진다. 부당한 폭력을 받으며 성장한 사람은 세상을 상대로, 자신이 받은 만큼 되돌려주어야 한다는 생각을 갖게 된다. 그렇기 때문에 그들은 자신의 행동을 후회하거나 혹은 미안한 마음을 갖지 않게 되는 경우가 대부분이다.

대다수의 살인범들은 성인이 된 후에도 학대에 대한 어두운 그림자에서 벗어나지 못한다. 그들은 간혹 언어와 행동에서 부모에 대한 강한 증오를 분출했으며 심지어 어떤 이들은 부모를 살해하고 그들의 시체를 대상으로 상상을 초월한 학대를 함으로써 분풀이를 하기도 한다.

물론 무수한 사람을 죽인 죄인을 무작정 동정할 수 있는 사람은 없다. 살인은 분명 잘못된 것이며 마땅히 죄값을 받아야 한다. 하지만 그들이 살아온 삶의 배경과 경험을 통해 일종의 경각심만은 배워야 하겠다.

지금 현 사회에도 가정폭력은 여전히 존재하고 있다. 가정폭력의 실제 사건들을 보면 유년기의 건강하고 올바른 성장이 얼마나 중요한지는 어렵지 않게 알 수 있다. 유년기에 당한 학대와 폭력은 이루 표현할 수조차 없는 큰 상처로 남아 한 사람의 인생을 파멸시킬 수도 있다. 거기에 해당하는 많은 피해자들 중에는 이를 극복하고 성공적이고 가치 있는 삶을 살고 있는 사람도 있으나 또 많은 사람들이 비극적인 결말을 맺기도 한다. 만약 모든 사람들이 자신을 되돌아보고 타인에게 관심을 갖는다면 범죄 발생을 줄이는 데 큰 몫을 할 수 있을 지도 모른다.

성장과정에서 나타나는 연쇄살인범들의 특징적 행위들

대부분의 연쇄살인범들은 어려서부터 학대의 경험을 가지고 있었다. 그러나 좋은 가정환경에서 성장한 사람이 살인범이 된 예도 없지 않다. 도대체 무엇이 그들을 변하게 만들었는지는 지금 현재까지도 논쟁이 되고 있는 대목이다. 그러나 많은 전문가들은 성장배경이 좋든 나빴든 그들이 어렸을 때 보이기 시작한 '특정 행동'에 대해 그것을 가볍게 보거나 등한시할 수 없음을 지적하고 있다.

전문가들은 연쇄살인범을 연구하면서 세 가지의 공통적인 행위를 찾아낼 수 있었다. 이 세 가지 행위는 그들이 성장과정에서 공통적으로 보인 적신호이기도 했다. 야뇨증, 방화, 그리고 동물학대가 바로 그것이다.

혹자는 이런 반응을 보일지도 모른다.

"뭐? 어렸을 때 이불에 오줌 안 싸 본 사람이 어디 있어?"

"방화? 누구든지 조심하지 않으면 있을 수 있는 일 아닌가?"

"어렸을 때 곤충 다리 떼어내는 정도야 그냥 장난이잖아, 그것도 학대에 속할까?"

만약 당신의 문제가 여기까지라면 그것은 다른 대다수의 사람들처럼 아동기에 겪을 수 있는 정상적인 체험을 한 것이다. 또한 자신이 잘못했다는 사실을 차츰 인식하면서 스스로 바른 판단을 하고 배우는 것은 바로 환경이 주는 자연적인 교육이다. 그렇다면 전문가들이 이 세 가지 행위를 성장과정의 적신호에 포함시킨 이유는 무엇일까? 아마 연쇄살인범들의 경험과 대조해 본다면 그렇게 간단한 문제가 아님을 알 수 있기 때문인 듯하다.

야뇨_ 어린아이가 이불에 오줌을 싸는 일은 보편적이며 정상적인 일이다. 하지만 이것이 청소년 시기까지 이어진다면 어쩌면 그 사람은 중대한 심리적 문제를 간과하고 있는 것인지도 모른다. 연쇄살인범에 관한 FBI의 조사결과에 따르면 심리학적인 관점에서 볼 때 성년이 되어서도 야뇨증이 계속되는 증상은 감정 제어와 정상적 사고의 통제, 자신의 감정을 확실하게 표현하는 능력이 억압되고 있는 것을 의미하며 그것이 오랜 시간 동안 지속될수록 우울증과 불안함 또는 현실도피적인 정서가 조성될 가능성이 크다고 한다. 이러한 사람들은 간혹 꿈을 통해 의식적으로 장기간 축적된 압박감에서 풀려난다. 바로 그것이 야뇨증의 주된 요인이다.

방화_ 방화라 함은 물론 '의도적으로 불을 지르는 행동'을 가리키는 말이다. 많은 연쇄살인범들은 어려서부터 불지르기를 좋아한 것으로 조사되었다. 그들은 성냥이나 라이터, 촛불, 폭죽, 혹은 자체 제작한 폭탄을 이용하기도 했으며 처음에는 자신의 집 뒤뜰에 있는 작은 풀숲에서 시작하여 이웃집 문 앞에 세워진 자전거, 심지어는 학교 전체를 태워버리기도 한다. 무언가 완벽하게 끝을 내고자 하는 심리는 자신의 손을 거쳐 모든 것을 태워 버리려는 욕망으로 변하여, 방화를 범할 때마다 매번 그 규모가 커지고 대담해지게 된다. 심리학자들은 이러한 심리적 욕구를 마음속 깊이 잠재되어 있는 비정상적인 욕망과 큰 연관이 있다고 해석하고 있다. 통상적으로 이러한 사람들은 외적인 표현력이 강하지 않기 때문에 어려서부터 또래의 친구들에게 비웃음이나 놀림거리의 대상이 되었을 것이라고 추측하고 있다. 습관적으로 괴롭힘을 당하고 업신여겨졌던 경험은 자폐적 성향과 심리상태에 점점 큰 모순적 구조로 발전한다. 그들에게 있어서 방화는 마음속에 있는 증오심과 불만을 해소하는 방법이며 일종의 타인에 대한 복수를 달성함으로써 만족감을 찾는 수단이 된다. 어떤 살인범은 방화를 일종의 흥분제라고 표현하기도 했다. 그는 불길이 커지는 광경을 보고 있으면 마치 마음속에 있는 성적 갈망이 불꽃처럼 타올라 불길이 격렬해질수록 주체할 수 없는 황홀감을 느낀다고 말했다. 방화범들은 불을 낼 때 자신이 불을 통제하는 유일한 사람이라는 환상에 빠져 그 누구도 자신을 이길 수 없다고 믿게 된다고 한다. 두려운 사실은 통상적으로 불꽃에 대한 지배와 욕망은 나중에 가서 사람의 목숨을 지배하고자 하는 충동으로 발전할 수 있다는 점이다.

동물학대_ 동물학대는 거의 모든 연쇄살인범에게서 찾아볼 수 있는 특징이다. 어린 시절 특유의 동물에 대한 병적이고 잔인한 학대 행위가 바로 그것이다. 많은 어린아이들은 유년 시절에 호기심과 단순한 재미로 곤충이나 작은 동물들에게 짓궂은 장난을 하고는 한다. 이러한 경험은 특히 남자아이들에게서 찾아볼 수 있다. 하지만 대체적으로 평범한 어린아이들이 한때 장난삼아 동물을 괴롭히는 경우는 잔인한 학대의 수준까지는 미치지 못한다. 심지어 그들은 자라면서 모든 생명이 소중하다는 사실을 깨닫게 되고 자신이 어려서 했던 짓궂은 장난에 대해 창피함을 느끼게 된다.

연쇄살인범은 그와 전혀 다르다. 그들이 어릴 적 동물에게 행했던 다양한 학대 방법들은 이미 잔인함의 수위를 벗어나 있다. 보통 그들은 언제든지 쉽게 손에 넣을 수 있는 이웃집 애완동물에게 손을 뻗친다. 동물을 성공적으로 유괴한 아이는 자신의 마음속에 감추어 두었던 잔인한 상상들을 동물을 상대로 마음껏 풀어댄다. 그들에게 있어 동물은 자신이 겉으로 표현 못한 감정 분출의 대상이자 실험대상일 뿐이다. 생매장, 교살, 목자르기, 가죽 벗기기, 해부, 시체 절단 등의 행위를 서슴치 않고 행하거나 혹은 동물을 대상으로 성적인 접촉을 시도한다. 이러한 행위들은 장차 더 많은 대상과 목표를 위한 경험으로 축적된다. 동물학대는 화염을 통제하는 쾌감처럼 사람에게도 행해질 수 있다. 동물학대를 즐기는 사람들은 어느 날 갑자기 자신의 잘못을 자각하는 동시에 동물학대가 이미 자신을 만족시켜줄 수 없음을 깨닫게 된다.

Ⅷ. 연쇄살인범의 변태적 욕망

조기에 나타나는 폭력적 성향과 빗나간 성적 환상

조사 결과 연쇄살인범들이 저지른 범죄동기의 대부분은 변태적인 성적 환상과 관련이 있었다. 살인자들이 피해자의 시체에 남기는 상처와 살인사건 현장에서 발견된 증거물들을 볼 때 범행 당시 그들은 모두 성적으로 왜곡된 성향을 보이고 있으며 극도로 흥분된 상태였음을 알 수 있다. 그들의 비정상적인 상상들은 피해자의 몸에 자신을 삽입하는 순간 자신이 원하는 것을 모두 얻었다고 생각하게 된다. 그들이 육체를 뚫고 들어가는 칼날의 쾌감을 즐기는 것은 피로 얼룩진 광경을 보며 일종의 강한 주도권을 과시할 수 있기 때문이다. 또 그들이 무기의 힘과 상처의 깊이를 통제하며 완전히 도취되는 것은 그러한 행위로 인해 자신이 누군가의 몸을 완전히 점유하고 있다는 사실에 만족감을 느끼기 때문이다. 그들에게 있어 살인 도구는 그저 하나의 도구일 뿐 어떤 도구를 사용하는지는 그다지 중요한 문제가 아니다. 중요한 것은 그 도구가 자신의 머릿속에 상상되어지고 있는 장면을 연출해 낼 수 있느냐 하는 점이다. 따라서 그것이 총이든 야채 써는 칼이나 도끼, 톱, 밧줄, 전선, 스타킹, 심지어 맨손이든 간에 그들은 반드시 목적을 달성하고야 만다.

보통 사람들의 경우 성적 환상을 충족시키기 위해 기호에 맞는 도구나 연인간의 작은 역할극을 통해 성적 욕망을 분출한다. 만약 독신이라면 성인영화를 시청하는 것으로 대리만족을 느낄 수도 있다. 그러나 연쇄살인범들은 이렇듯 평범한 방법에는 아무런 흥미도 느끼지 못한다. 단순히 발가벗은 남자나 여자의 육체는 그들을 자극하거나 흥분시킬 수 없으며 그들이 원하는 것은 이미 정상적인 정서의 범위를 뛰어넘은 것이기 때문이다. 그들로 하여금 욕정을 달아오르게 하는 것은 어쩌면 텔레비전에서 흘러 나오는 화재 현장이나 차에 치인 동물 시체가 될 수도 있고 스스로 자해하여 흘린 피가 될 수도 있다. 이러한 장면들이야말로 그들로 하여금 오랫동안 축적된 욕망을 분출시킬 수 있는 것들이다. 다시 말하자면 모든 사람들이 혐오하는 일들이 그들에게는 매우 귀한 흥분제가 될 수 있다는 사실이다. 이런 욕망이 그들의 몸과 마음을 지배하여 자아통제의 힘을 상실하는 순간 그들은 자신이 상상하던 온갖 잔인한 행위들을 낯선 사람을 상대로 분출한다. 더욱 무서운 사실은 일단 그 기분을 맛보기 시작하면 처음 느낀 쾌감을 잊지 못하고 경찰에 잡히기 전까지 계속해서 살인을 저지르게 된다.

연쇄살인범의 명확한 특징은 '병적인 이상심리', '변태적인 욕망', 그리고 '통제할 수 없는 살인충동'이다. 안타까운 사실은 이 같은 특징들만으로는 그들의 비정상적인 심리에 대한 정확한 해답을 얻지 못할 것이라는 사실이다.

살인분석 _ Case File No.6

테드 번디 (Ted Bundy)

대학가의 여대생 살인마. 잘생긴 외모로 수많은 여대생을 유혹한 뒤 살해함. 그로 인해 '연쇄살인범'이라는 전문용어가 사용되기 시작함.

killer profile

- **이름** _ 테드 번디 Theodore Robert "Ted" Bundy
- **별명** _ 캠퍼스 살인마
- **출생** _ 1946년 11월 24일
- **사망일** _ 1989년 1월 24일, 미국 플로리다 스타크 감옥 Starke State Prison, Florida에서 전기의자로 사형
- **습성** _ 연쇄강간살인범, 학대 및 구타, 교살 후 항문성교 Sodomy
- **범죄시기** _ 1974년~1977년
- **범죄발생지** _ 미국 전역
- **희생자수** _ 경찰당국의 조사 결과 19명의 피해자가 확인됨. 그러나 실제 피해자 수는 최소 40여 명으로 추정됨

지나가는 미국인들에게 미국 역사상 가장 '유명'한 살인마가 누구인지 묻는다면 분명 거기에는 테드 번디라는 이름이 거명될 것이다.

'Serial Killer' 즉 '연쇄살인범'이라는 단어는 현재 범죄학교에서 하나의 대표적인 학과명이자, '연속적으로 발생하는 살인사건의 살인범'을 뜻하는 전문 용어이다.

테드 번디가 이토록 악명을 떨치는 이유는 그가 저지른 범죄 때문이기도 하지만 그 외에도 1984년 그의 출현에 따라 FBI가 '연쇄살인'에 대한 범죄행위를 정식으로 정의했기 때문이다. 그러므로 엄밀히 말하자면 serial killer라는 공식명칭은 테드 번디의 존재와 함께 탄생했다고 할 수 있다.

그렇다면 온 국민이 알고 있을 정도로 악명을 떨친 테드 번디라는 인물은 과연 누구인가? 그는 어떤 재능을 갖고 있으며 또 어떤 사람들을 살해한 자인가?

치명적인 매력

잘생긴 외모에 순수해 보이기까지 하는 남자가 있다고 가정하자. 사람들은 그가 어느 순간 갑자기 악당으로 돌변할 수 있는 사람이라는 사실을 모르고 있다. 이럴 경우 젊고 아름다운 여성들은 그 사람으로부터 자신의 안전을 보호하기 위해 날카로운 경계심을 보일 것인가? 아니면 선량해 보이는 킹카의 청을 선뜻 받아들일 것인가? 1974년부터 1978년 사이 미국의 여러 도시를 온통 공포에 휩싸이게 한 사건들이 있었다. 이 기간 동안 미모의 여대생들은 모두 두려움에 떨며 하루하루를 보내야 했고 주위에 잘생긴 남자가 보이기라도 하면 자신에게도 화가 미칠 수 있다는 경계심을 늦추지 않았다.

당시 미국에는 젊은 여성들이 야구배트로 심하게 구타당하거나 심지어 교살과 고문 등의 방법으로 비참하게 살해당했다는 뉴스로 온 도시가 떠들썩했기 때문이다. 물론 이는 대도시에 사는 사람들을 끝없는 공포와 두려움 속으로 밀어넣었다.

사라진 여인들

1974년 1월 4일 조니 렌츠(Joni Lenz)라는 한 여대생이 웬일인지 1교시부터 오후가 되도록 수업에 나오지 않고 있었다. 혹시 조니가 앓고 있는 것은 아닌지 걱정이 된 몇몇 친구들은 그녀의 숙소를 찾아가 보기로 결심했다. 숙소에 도착한 친구들은 걱정스러운 마음으로 조니의 방문을 열었다. 순간 방안에 펼쳐진 광경을 본 조니의 친구들은 혼비백산하여 고함조차 지를 수 없었다.

그러나 그 후 간신히 목숨을 구한 그녀만큼 운이 따라주지 못했던 서른다섯 명의 피해자들이 잇달아 더욱 끔찍한 시체로 발견된 것에 비하면 행운의 여신이 그녀를 외면한 것만은 아니었다.

1974년을 기점으로 미국 워싱턴에서는 예사롭지 않은 실종사건이 연이어 발생했다.

첫 번째 사건은 1월 31일 새벽에 발생했다. 그날도 여느 때처럼 5시 30분 정각에 자명종이 울렸다. 캠퍼스 부근의 아파트에 살던 친구들은 자명종 소리를 한참 듣고 나서야 자신들의 둘도 없는 친구 린다 앤 힐리(Lynda Ann Healy)가 사라졌다는 사실을 알게 되었다.

린다는 시애틀 워싱턴대학에서 심리학을 전공하는 학생이었다. 쾌활하고 영리한 린다는 학교 방송반 아나운서를 맡고 있었으며 평소 아침 5시 반이면 일어나 방송실로 향했다. 실종 전날 린다와 친구들은 학교 부근에 있는 술집에서 약간의 술을 마셨지만 다음 날 일찍 방송실로 출근해야 했던 그녀는 먼저 숙소로 돌아갔다고 한다. 숙소에 돌아온 린다는 늘 그래왔던 것처럼 잠시 텔레비전을 시청한 다음 남자친구와 전화 통화를 나눈 뒤 잠자리에 들었던 것으로 조사되었다. 룸메이트의 증언대로라면 그날 저녁 린다의 방안에서는 아무런 인기척도 들리지 않았으며 다음 날 아침 린다의 방에서 자명종 소리가 그치지 않았기 때문에 그제서야 그녀가 집에 없음을 알게 되었다고 했다.

린다의 룸메이트는 린다의 잠옷이 옷장에 잘 걸려 있고 침대시트가 깨끗이 정리되어 있었던 점으로 보아 그녀가 조금 일찍 출근했을 것이라고 판단했다. 그러나 교내방송실에서 룸메이트에게 린다가 왜 아직 출근하지 않았는지 묻는 전화가 걸려왔고 저녁이 되자 린다의 부모로부터 린다가 저녁 가족모임에 참석하지 않은 이유를 물어왔다. 이렇게 되자 사람들은 린다가 실종되었다는 사실을 인정하지 않을 수 없었다.

당시 사건현장이 된 아파트에는 네 명의 룸메이트가 함께 살고 있었다. 현장에 도착한 경찰들은 수사하는 과정에서 마치 증거물이 발각될 것을 두려워한 누군가에 의해 그녀의 방에 있는 침대와 옷가지들이 정리된 듯한 느낌을 받았다. 그 외에도 많은 의문점들은 수사의 초점을 실종에서 살인사건으로 모아지게 했다.

린다의 방은 평상시와 다름없어 보였다. 그러나 수사팀은 베개와 침대시트, 옷장 안의 잠옷에서 린다의 것으로 추정되는 혈흔을 발견했다. 혈흔 외에도 아파트 내부에서 방안으로 통하는 또 다른 문에 자물쇠가 뜯겨져 있는 것이 발견되었다. 경찰은 이미 발견된 증거들만으로도 제3자의 침입을 확신할 수 있었다.

또 린다의 룸메이트는 나중에 린다의 침대시트와 베갯잇이 없어졌다는 사실을 발견했다. 경찰당국은 드러난 증거들로 린다의 실종이 단순한 실종사건이 아니라 누군가 침실에 침입하여 그녀를 살해하고 잠옷을 갈아입힌 후 침착하게 방안을 정리한 다음 침대시트로 시체를 싸서 도주한 것이라고 추정했다.

린다가 실종되고 약 한 달 반이 지난 후 음악연주회에 가던 여대생 도나 맨슨(Donna Manson)도 두 번째 캠퍼스 실종자가 된다.

세 번째 실종자는 막 열여덟 살이 된 수잔 랑코르(Susan Rancourt)라는 여자아이였다. 4월 17일 수잔은 원래 자신이 사는 곳 근방에 있는 영화관으로 남자친구를 만나러 가고 있었다. 그러나 그녀는 결국 남자친구와의 약속장소에 나타나지 못했고 그 짧은 시간에 흔적도 없이 사라져 버렸다.

계속되는 몇 달 동안 마치 눈에 보이지 않는 살인시계가 조용히 수를 세듯 거의 한 달에 한 번꼴로 젊은 여성의 실종사건이 잇달아

발생했다. 미모의 여성들이 사라진 자리에는 실종자 명단과 연이은 의문들 뿐이었다.

6개월이라는 짧은 시간 동안 캠퍼스에서는 최소 여덟 건의 여대생 실종사건이 발생했다. 이는 한바탕 공황을 불러일으켰으며 경찰들도 좌절감에 휩싸여 아무것도 할 수 없었다. 수사에 박차를 가한 경찰 측의 삼엄한 경계 강화에도 불구하고 실종자는 점점 늘어나고 있었다. 사람들은 각종 매체의 떠들썩한 보도를 통해 피해자들이 실종되었다는 사실을 알고 있었지만 그들이 아직 살아 있을 거라는 순진한 기대도 품지 않았다. 오히려 실종자들이 죽임을 당하기 직전 분명 좋은 일보다는 끔찍한 일이 벌어졌을 것이라는 불안한 생각을 지울 수 없었다.

더욱 두려운 것은 경찰당국이 실종자의 사진과 자료 조사에서 찾아낸 공통점들이었다. 실종된 여학생들은 모두가 백인 여성이었으며 피해자 모두가 앞가르마를 탄 갈색머리를 단정하게 하나로 묶은 머리스타일을 하고 있었다. 또 그들은 미인이라고 불려질 만큼 아름다운 외모의 소유자였으며 대학생 신분에 실종 당시 모두 편안해 보이는 긴 바지 차림을 하고 있었다.

깁스를 두른 사나이

의문의 실종사건이 발생한 1974년 경찰당국은 피해자 가족들의 끊임없는 추궁에 일일이 대응해야 했고 또한 흉흉한 캠퍼스 내의 분위기를 안정시켜야 했다. 수사팀은 이들의 실종이 분명 연속적인 사건을 저지르는 살인범의 소행(당시 Serial Killer라는 용어는 아직 정

✚ '미녀 살인마' 테드 번디의 피해자 중 유일하게 목숨을 건진 조니 렌츠

식적으로 사용되지 않고 있었다)이라고 판단했다.

연속적으로 사람을 해치우는 범인이 어디선가 사악한 웃음을 띠고 자신의 '기준에 부합하는' 여성을 노리고 있다는 데 생각이 미친 경찰당국은 팽팽한 긴장감 속에서 어떻게 하면 이 잔인한 살인마를 잡아들일 수 있을지 고심했다. 그들은 언제 또다시 나타날지 모를 살인범을 대비해 조금도 긴장의 끈을 풀지 않았으며 증인과 목격자를 수소문하기 위해 캠퍼스 구석구석을 다니며 탐문 수사를 펼쳤다. 그러던 경찰은 수사 도중 유력한 단서를 하나 발견하게 된다. 그것은 바로 많은 사람들이 언급한 '깁스 사나이'였다.

경찰 측의 질문을 받았던 증인들 중 몇 명은 하나같이 '수상한 행동을 보인 깁스를 두른 낯선 사람'에 대해 언급했다. 증인들의 묘사에 따르면 그 낯선 사람은 캠퍼스에 자주 나타났으며 예쁜 여학생이 지나가면 '도움'을 청했다고 진술했다. 그는 팔이나 다리에 깁스를 했으며 보통 주차장 부근에서 모습을 보였고, 바닥에 떨어진 책 옆에 서서 순진하고 동정심 가득한 눈빛으로 여학생을 바라보며 도움을 청했다. 그런 다음 자신의 폭스바겐에 시동을 걸 수 없다며 착한 여학생을 자신의 차로 유인했다.

경찰은 이 '깁스 사나이'가 최소한 두 건의 실종사건 현장에서 목격되었다는 증인들의 진술에 따라 차츰 그에게 시선을 돌리기 시작했다.

참담한 현실

1974년 1월부터 시작된 의문의 실종사건은 같은 해 8월의 어느 날 워싱턴 샘머미쉬(Sammamish) 시립공원을 지나던 사람에 의해 토막시체가 발견되면서 극단적인 결말로 치달았다. 한 술 더 떠 시체는 공원 내에 있는 작은 호수에 보란 듯이 떠다니고 있었다. 경찰은 유전자 감식으로 시체의 신원을 밝혀냈다. 토막 시체는 두 사람의 것으로 판명되었으며, 바로 얼마 전에 실종된 데니스 나스룬드(Denise Naslund)와 제니스 오트(Janice Ott)였다. 생전에 그들의 생기발랄하던 모습은 온데간데없이 사라지고 몇 가닥 남지 않은 머리카락이 앙상하게 붙어 있는 머리 부분 두 개와 5개의 대퇴골, 그리고 한 개의 턱뼈가 전부였다.

조사에 의하면 이 여성들은 모두 7월 14일 공원 내에서 실종된 것으로 신고되어 있었다.

목격자들은 제니스가 실종 전 깁스를 한 낯선 남자와 공원 주차장 부근에서 대화하고 있는 것을 보았다고 진술했다. 또 그 남자는 자신을 '테드'라고 소개했으며 제니스에게 불편한 팔을 들어 보이며 도움을 청했다고 했다. 그리고 그것이 사람들에게 보인 제니스의 마지막 모습이 된 셈이다.

또 다른 피해자 데니스도 같은 날 남자친구를 포함한 몇몇 친구들과 함께 공원에서 휴식을 취하고 있었다. 그녀는 혼자 공원 안에 있는 공공화장실을 가던 길에 실종되었다. 목격자들은 당시 팔에 깁스를 두른 남자가 길가에 있던 여자 둘에게 도움을 청했으나 거절당하고 이를 본 데니스가 친절하게도 어려움에 처한 낯선 남자를 도와주려 했다는 사실을 어렴풋이 기억하고 있었다. 다만 그들은 그녀의 '착한 행동'이 그토록 비참한 결말을 가져오리라고는 상상조차 하지 못했다.

과연 증인들이 말하는 '깁스 사나이'의 출현은 우연인가, 아니면 경찰이 혈안이 되어 찾고 있는 용의자인가? 과연 그는 이 실종사건들을 비롯한 살인사건은 물론 시체유기사건과도 관련이 있는 인물인가?

공포의 확산

워싱턴 경찰들이 잇단 실종사건과 살인사건에 골치를 썩고 있을 때 살인범은 또 다른 지역으로 손을 뻗치기 시작했다. 여대생 살인사건은 마치 치명적인 바이러스처럼 미국 유타주로 확산되어 갔다.

피해자들은 똑같이 젊고 아름다우며 똑같은 상황에서 사라져 버렸다. 유타의 전도유망한 갈색머리 여성들은 곧 그렇게 살인마의 죽음의 손짓에 한 명 한 명 사라져 갔다.

같은 해 10월 18일 안타깝게도 당시 열일곱 살이었던 멜리사 스미스(Melissa Smith)라는 유타지역 경찰서장의 친딸도 실종자 명단에 오르게 되었다. 타고난 아름다움을 지녔던 멜리사는 어려서부터 경찰서장이었던 아버지의 많은 주의와 보호를 받고 자랐음에도 살인범의 함정을 빗겨갈 수 없었다. 멜리사는 실종 9일 만에 발견되었다. 그녀는 혹독하게 구타당한 뒤 교살되어 싸늘한 시체가 되어 돌아왔다.

그로부터 13일 후 살인범은 기다릴 수 없다는 듯 또 한번 모습을 드러냈다. 피해자는 라우라 에이미(Laura Aime)라는 열일곱 살의 여자아이였다. 그녀는 할로윈데이에 실종되어 추수감사절에 시체로 발견되었다. 불쌍한 라우라는 멀고 외진 산 위에 버려져 있었으며, 죽기 전에 성폭력을 당하고 쇠지레로 머리와 얼굴 부분을 강타당한 것으로 보였다. 알아볼 수조차 없게 손상된 그녀의 시체는 그녀가 얼마나 고통스럽게 죽어갔는지 확연히 보여주고 있었다.

연달아 몇 구의 시체를 찾아낸 경찰 측은 살인범의 잔혹한 살해 수법으로 보아, 그가 여성에게 지독한 증오심을 품고 있는 자라고 판단했다. 유타 시민들은 당초 워싱턴 시민들이 그랬던 것처럼 점점 늘어나는 피해자 수에 안쓰러운 마음과 어쩌면 자신들에게도 들이닥칠 수 있는 불행에 대한 두려움으로 조마조마한 나날을 보내야 했다.

불행 혹은 행운

이때까지 경찰은 젊은 여성만을 대상으로 범행을 저지르는 이 살인마에 대해 알아낸 것이 거의 없었다. 그러나 잇단 수사와 보도를 통해 시민들도 용의자에 대한 특징을 일부 인지하고 있었다.

그러던 어느 날 엘리자베스 캔달(Elizabeth Kandall)은 경찰당국이 사건해결에 도움이 될 만한 단서를 찾고 있다는 텔레비전 뉴스에 채널을 고정시켰다. 순간 그녀는 수화기를 들고 떨리는 손으로 신고전용 전화번호를 눌렀다. 수많은 신고전화를 접수 중이던 경찰은 그녀로부터 매우 간단한 신고내용을 들었다.

"내 남자친구가 이 사건과 관련이 있을지도 모르겠어요."

엘리자베스의 남자친구는 확실히 종전의 목격자들이 묘사한 용의자의 특징과 많은 부분이 닮아 있었다. 그는 폭스바겐을 몰고 있었고 이름 또한 용의자와 같은 '테드 번디'였으며 방안에 숨겨져 있는 목발이 여자친구에게 발견되기도 했다.

엘리자베스는 목격자들에게 용의자의 얼굴을 확인시키기 위해 남자친구의 사진을 제공했다. 그러나 그렇게 유사한 점이 많았음에도 불구하고 그를 '깁스 사나이'라고 확신하는 목격자는 나타나지 않았다. 결국 엘리자베스가 제시한 단서는 경찰들의 산더미처럼 쌓인 공문서파일 사이에 끼워진 채 외면되었다.

행운의 여인

사건에 대한 무력감에 거의 탈진 직전이었던 경찰당국은 1974년 11월 8일, 드디어 새로운 단서를 접할 수 있게 된다. 당시 열여덟 살이던 캐롤 다론치(Carol DaRonch)가 사복경찰을 가장하여 자신을 유괴하려는 용의자에게서 성공적으로 탈출했다.

캐롤은 그날 오후 유타백화점 안에 있는 서점에서 우연히 잘생긴 낯선 남자와 마주쳤다. 남자는 먼저 캐롤에게 다가가 그녀의 차가 좀도둑에게 털린 것 같다며 이를 확인하기 위해 자신과 함께 주차장으로 가줄 것을 요구했다. 맨 처음 캐롤은 이 성실하고 정의로워 보이는 남자를 백화점의 사복경찰일 것이라고 생각했다. 당연히 그녀는 아무런 의심도 없이 그와 함께 자신의 차를 확인하러 갔다. 그러나 차 안의 물건들이 모두 원래대로 있다는 것을 확인시켜주자 그는 '기록'을 위해 서까지 동행해 줄 것을 요구했다. 캐롤은 선뜻 결정하지 못하고 잠시 주저하다가 역시 남자를 따라 나섰다. 그러나 그의 발길이 멈춘 곳에는 폭스바겐이 세워져 있었다. 캐롤은 남자의 차를 본 순간 정신이 번쩍 들어 그에게 신분증을 제시해 줄 것을 요구했다. 남자는 순순히 그리고 민첩하게 경찰배지를 꺼내어 그녀에게 보여주었다. 모든 것이 안전하게만 보이는 상황을 굳이 외면할 수 없었던 캐롤은 남자의 차에 올라탔다.

그러나 캐롤을 태운 차가 경찰서와 반대방향으로 가고 있다는 것을 알아차렸을 때는 이미 늦은 후였다. 어느 순간 남자는 갑자기 브레이크를 밟아 차를 세우고 캐롤의 몸을 덮쳐왔다. 놀란 캐롤은 그가 자신의 손에 수갑을 채우도록 내버려둘 수밖에 없었으며 비명을 지르는 것말고는 아무것도 할 수 있는 것이 없었다. 그러자 그는 총을 꺼내들고 총구를 그녀에게 겨누며 조용히 하지 않으면 죽여버리겠다고 위협했다. 곧이어 캐롤은 차에서 끌려나와 땅바닥에 눕혀졌다. 남자는 쇠지레를 들고 다가와 당장이라도 그녀의 머리를 내려치려는 기세였다. 바로 이때 캐롤은 자신의 무릎으로 있는 힘껏 악당의 급소를 가격하여 가까스로 그에게서 벗어났다. 캐롤은 죽을힘을 다해 도로를 향해 뛰었다. 때마침 그곳을 지나가던 차가 겁에 질려 큰소리로 도움을 요청하는 캐롤을 발견하고 급하게 차를 세웠다. 그들은 곧 캐롤을 태우고 재빨리 그곳을 벗어났다.

경찰서에 도착한 캐롤의 손에는 수갑이 채워져 있었으며 아직 공포의 순간에서 벗어나지 못한 듯 계속해서 눈물을 흘렸다. 그녀는 간신히 울음을 멈추고 용의자의 인상착의를 묘사한 뒤 그가 운전하던 차가 폭스바겐이었다고 진술했다.

더욱 경찰들을 흥분시킨 것은, 그들이 그토록 기다려온 사건 해결의 직접적인 단서가 자신들의 눈앞에 모습을 드러냈기 때문이었다. 캐롤의 상의에 묻은 혈흔이 바로 그것이었다. 이제 경찰이 갖고 있는 자료들은 점점 하나의 완성된 그림이 되어 갔다. 용의자는 옅은 색의 폭스바겐을 타고 다니는 30대 초반의 백인 남자였으며, O

형 혈액형에 날카로운 눈매와 고른 치아를 갖고 있는 잘생긴 외모의 남자였다.

경찰은 이를 근거로 용의자의 몽타주를 그려 대중에게 공표하고 도움을 요청했다.

똑같이 닥쳐온 불행, 서로 다른 결말

큰 충격을 받은 캐롤은 정신적인 상처가 이만저만이 아니었지만 최소한 목숨만은 건질 수 있었다. 그러나 바로 같은 날, 또 한 명의 여성은 그녀만큼 운이 좋지 않았다.

데비 켄트(Debby Kent) 역시 뛰어난 미모의 여성이었다. 그날 저녁 데비는 부모님과 함께 한 고등학교에서 열리는 공연장에 있었다. 하지만 그곳에서 멀지 않은 곳에 있는 볼링장에서 동생을 데리고 와야 했던 데비는 공연이 끝나기 전에 먼저 자리에서 일어났다. 하지만 동생을 데리러 간 데비가 다시 돌아오지 않았다는 사실을 깨달았을 때는 이미 그녀가 연기처럼 사라진 후였다. 현장에 도착한 경찰들은 데비가 차에 시동을 걸기도 전에 유괴되었다는 사실을 알 수 있었다. 경찰은 또 데비의 차 옆에서 수갑의 열쇠로 보이는 증거물을 찾아냈다. 사건 발생 후 공연장 주차장에서 황급히 빠져나가는 폭스바겐을 목격했다는 시민들의 제보가 있었으며 이는 데비의 실종시간과도 맞아떨어졌다. 나중에 경찰서로 돌아온 경찰들은 혹시나 하는 마음으로 현장에서 습득한 열쇠를 캐롤의 손목에 채워졌던 수갑에 맞춰보았다. 과연 수갑은 '찰칵'하는 경쾌한 소리와 함께 열렸다.

갈수록 잔인해지는 살인마

워싱턴과 유타의 경찰들은 이제 용의자에 대한 거의 모든 정보를 꿰뚫고 있었다. 그러나 용의자가 운이 좋은 것인지, 아니면 경찰 측의 행동이 굼떠서인지 '미녀 살인범'은 다시 한 번 경찰의 어깨를 스치고 유유히 사라져 갔다. 그리고 얼마 후 그의 범죄행각은 다시 미국 콜로라도로 옮겨 갔다.

1975년 1월 12일 카린 캠벨(Caryn Campbell)은 그 해의 첫 번째 피해자였다. 카린은 약혼자와 그의 두 아이를 데리고 한가하게 휴가를 보내던 중 호텔 안에서 사라졌다. 약 한 달 후, 카린의 시체는 황폐한 교외에서 행인에 의해 발견되었다.

카린이 살해당한 수법도 종전의 살해 수법과 똑같았다. 그녀 역시 죽기 직전 극도로 심한 폭력과 학대를 당한 것으로 보였다. 더구나 시체유기 장소가 황야였기 때문에 그녀의 몸은 이미 사나운 야생동물의 먹잇감이 되었고 나머지 시신도 부패할 대로 부패되어 형체를 알아볼 수 없을 정도로 심하게 훼손된 상태였다.

검시 결과 카린의 머리 부분에서 발견된 파열은 살인범이 쇠지레를 이용하여 피해자의 얼굴과 머리를 여러 번 구타한 흔적이었으며 그 힘이 너무 강하여 피해자의 잇몸에 남아 있는 치아가 없을 정도였다. 물론 살인범은 카린을 심하게 구타한 후 그녀가 죽기 직전 이미 망가질 대로 망가진 그녀의 몸을 강간하는 것도 잊지 않았다.

카린의 시체를 발견한 후 몇 달 지나지 않아 또 다른 실종자가 나타났다. 그녀의 이름은 브렌다 볼(Brenda Ball)이었다. 브렌다의 시체가 발견된 곳은 워싱턴과 가까운 테일러 산악지대였으며 사인도 머리와 얼굴 부분에 심한 구타를 당한 것이 주원인이었다.

당시 워싱턴 테일러산맥은 '시체 발견 장소'로 경찰의 중점적인 수색 지대가 되었다. 수색이 시작되고 이틀이 못 되어 또 다른 시체가 한 구 더 발견되었다. 나중에 이 시체는 학교 근처에서 실종된 수산 랑코르로 밝혀졌다.

그 후 한 달이 채 못 되어 같은 장소에서 또 다른 두 구의 시체가 발견되었다. 그 중 한 명은 이미 신분을 알아낼 수 없을 만큼 부패 정도가 심했으며 나머지 한 명은 워싱턴대학에서 사라진 첫 번째 실종자 린다 앤 힐리였다.

잔인한 살인마는 마치 전국 방방곡곡이 자신의 커다란 놀이터인 양 어디선가 수탈해온 '보물'들을 여기저기 묻어 놓았다.

경찰당국은 있는 힘을 다해 사건 해결에 매진했으나, 계속해서 발견되는 사망자 수의 증가속도는 그들의 수사범위를 훨씬 웃돌고 있었다. 경찰들은 그저 한 구 한 구의 시체가 찾아지기만을 기다리고 있을 뿐이었다. 그리고 머지않아 콜로라도에서도 다섯 명의 피해자의 시체가 발견되었다.

드디어 체포된 매혹적인 야수

사건발생 7개월 후인 1975년 8월 16일 유타의 한 경찰소대장은 솔트레이크시티 교외의 주택가를 순찰 중이었다. 그때 그의 눈에 들어온 것은 낯설고 왠지 수상해 보이는 폭스바겐 자동차였다. 경찰이 차를 검문하기 위해 사이렌을 켰을 때 폭스바겐은 갑자기 전속력으로 미친 듯이 달리기 시작했다. 결국 운전자는 더 이상 갈

곳이 없다는 것을 알고, 궁지에 몰리자 천천히 속도를 낮추어 길가에 있는 주유소에 차를 멈춰 세웠다.

그와 동시에 지원요청을 받고 도착한 두 대의 순찰차량이 그 수상한 폭스바겐을 포위했다. 폭스바겐의 운전자는 손을 들고 나와 순순히 면허증을 제시했다. 거기에는 '티어도르 로버트 번디(Theodore Robert Bundy)'라는 이름이 씌어져 있었다. 곧이어 경찰들은 트렁크를 수색하기 시작했다. 거기서 발견된 것들은 현장에 있던 경찰들을 긴장시키기에 충분한 것들이었다. 잘생기고 예의바른 젊은이가 자신의 차에 가지고 다니던 물건들은 쇠지레, 눈과 입부분이 뚫려 있는 스키모자, 밧줄, 수갑, 스틸 와이어로프, 얼음 깨는 못 등이었다. 예사롭지 않은 물건들을 발견한 경찰들은, 그를 '강도' 혐의자로 판단하고 경찰서에 구금시켜 심문을 받게 할 작정이었다.

조사를 진행하던 경찰들은 테드 번디를 지난 1년간 발생한 살인사건과 연관짓지 않을 수 없었다. 그가 용의자와 많은 공통점이 있었다는 점과 몇 가지 의심스러운 행동들도 그냥 간과할 수 없었다. 그 모든 것들이 번디라는 사람이 보통 사람들처럼 단순하지 않다는 것을 보여주고 있었다. 곧 경찰들은 번디가 경찰 행세를 하고 캐롤 다론치를 유괴하려던 사람인지에 대해 강한 의심을 품게 되었다. 하지만 그 의문점을 풀어줄 유일한 사람은 당시 운좋게 달아날 수 있었던 캐롤 본인뿐이었다. 그리하여 캐롤과 그 밖의 목격자들은 10월 2일 경찰서에 출두하여 용의자 확인에 나섰다. 경찰의 예측대로, 캐롤을 포함한 모든 증인들은 아무 망설임 없이 이구동성으로 잘생기고 매혹적인 남자, 테드 번디를 지목하며 소리쳤다.

'바로 저 사람이에요!'

티어도르 로버트 번디라는 남자는 계속해서 자신의 범행을 부인했다. 그러나 이미 경찰들은 그의 말이 사실이 아니라는 것을 알고 있었고 무엇보다 그토록 많은 사람들이 오랜 시간 동안 찾아온 잔인무도한 살인범에게 다시 자유를 안겨줄 수는 없었다.

사실 그가 잠깐 동안의 부주의로 지나친 자신감에 거리를 활보하다 체포되지만 않았던들 테드 번디는 분명코 계속해서 자신의 '정상'적인 생활을 해 나갔으리라. 과연 테드에게 있어 '정상적인 생활'이란 무엇이었는가?

테드의 어떠한 삶이 그를 그토록 잔인한 연쇄살인마로 만든 것일까? 테드 번디를 전 미국이 공포로 떨게 한 '캠퍼스 살인마'로 만든 것은 과연 무엇인가?

거짓말 속에 태어난 아이

테드는 1946년 11월 24일 뉴잉글랜드 버몬트(Vermont)의 한 '미혼모의 집'에서 태어났다. 티어도르 로버트 코웰(Theodore Robert Cowell)이 본명이었던 그는 태어난 이후로 한번도 친아버지의 얼굴을 본 적이 없는 사생아였다. 그는 그야말로 거짓으로 가득한 어린 시절을 보냈다.

거짓말의 시작은 테드가 태어나고 얼마 후에 시작되었다. 테드의 외할아버지와 외할머니는 자신들의 어린 딸 루이스(Louise)가 미혼모라는 오명을 안고 살게 하지 않기 위해 직접 테드의 '친부모' 역할을 떠맡았다. 어린 테드는 3살 때까지 '친부모'와 '누나'와 함께 필라델피아에서 살았다. 그 후 '누나'는 테드를 데리고 워싱턴 주 타코마시에 있는 친척집에서 함께 지냈다. 일년 후, '누나'는 조니 컬페퍼 번디(Johnnie Culpepper Bundy)라는 육군대위와 결혼을 했다. 이때부터 테드는 '매형'의 성을 따라 테드 번디라는 이름을 갖게 되었다.

테드가 다른 연쇄살인범과 다른 점은 그가 어려서 어떠한 형식으로도 학대받은 적이 없다는 사실이다. 반대로 그가 어려서부터 함께 살았던 '매형'은 그에게 자상한 계부의 역할을 해주었으며 심지어 항상 다른 아버지들이 아들과 함께하곤 하는 놀이나 활동들을 마다하지 않고 자신과 테드와의 관계를 좁혀가기 위해 노력했다. 그러나 좋은 의도와는 달리 테드는 점점 더 혼자 있고 싶어했고 소극적인 성격으로 변해 갔다.

성인이 되면서 매력적인 외모를 갖게 된 테드는 오히려 그것을 이용하여 무고한 많은 여성들을 죽게 만들었지만 어린 시절의 테드는 수줍음 많고 자신감이 없었으며 또래 친구들에게 놀림을 받는 아이였다. 그의 어린 시절은 늘 먹구름이 드리워진 것처럼 어두웠으며 그것이 그에게 비출 햇빛을 모두 가리고 있는 듯했다. 소극적인 성격 탓에 친구를 사귈 수 없었던 그는 학업에만 전념했고, 그 덕분에 그의 성적은 항상 상위권에 머물러 있었다.

고등학생이 되자 테드는 완전히 다른 사람이 되었다. 그의 외모는 매력적으로 변해 있었다. 자신을 따르는 친구들이 많아지자 점점 깔끔하고 모범적이며 사람들이 좋아하는 이미지로 변해 갔다.

1967년 봄 테드는 평생 처음으로 목숨을 걸어도 좋을 만큼 사랑하는 여자와 사랑에 빠지게 되었다. 그러나 사귄 지 일 년이 되자 여자친구는 테드가 '아직 성숙하지 못하다'는 이유와 '미래의 남편이 될 자격이 부족하다'는 이유로 일방적인 이별을 통고했다. 이때 받은 충격은 테드에게 큰 영향을 미쳤다. 어쩌면 그것은 훗날 그가 상상할 수조차 없는 비극을 연출하는데 있어 가장 큰 원인의 하나로 작용했을지도 모른다.

실연을 당한 후의 테드는 원래의 수줍음 많고 사람들과 논쟁하기 싫어하는 성격에서 극단적이고 강한 사람이 되려고 노력했다. 그는 마치 세상 사람들에게 자신을 건드리면 어떻게 되는지 보여주려는 사람처럼 다시 학교로 돌아가 적극적으로 심리학 수업을 들었고 다른 한편으로는 여러 곳을 돌아다니며 '작은 범죄'들을 저질렀다. 처음에 그는 학교 내에 있는 기물들을 훔치기 시작했다. 그리고 차츰 주택가에 침입하기 시작하여 전기제품이나 텔레비전을 훔쳤고 나중에는 차와 공공장소의 물건들을 훔치기도 했다. 범죄 수법이 점점 대담해질 즈음 테드는 이미 '죄책감'이 무엇인지 무감각해져 갔다. 그는 나쁜 짓을 저지를 때마다 더 이상 자신의 인생에 있어 '균형'이란 중요하지 않다는 생각만을 부각시켜 갔다. 그는 거듭되는 범죄행각에 도취되어 자신이 다른 사람들의 기쁨과 고통을 통제하는 사람이 되는 환상에 빠져들어 갔다.

1969년 아직 실연의 아픔에 빠져 힘들어하고 있던 테드는 비로소 자신만 모르고 있던 출생의 비밀을 알게 된다. 그는 이제까지 '누나'인 줄로만 알았던 사람이 바로 자신의 엄마였다는 사실을 알게 된 것이다. 그 충격은 그를 완전히 파멸시키기에 충분했다. 특히 당시 온전치 못했던 그의 영혼은 자신의 출생 비밀로 인해 수많은 혼란에 휩싸여 분노와 흥분으로 가득하게 되었다. 그는 어느 틈엔가 마음속 깊이 증오를 품고 세상을 대하게 되었으며 오로지 복수심에 가득 차 있었다. 이는 훗날 그의 극단적이고 반사회적인 인격을 형성시킨 주된 요인이 되었다.

테드는 인생에 있어 많은 침체기를 맛보았으나, 다른 사람들처럼 자신을 바꾸기 위해 노력하는 모습을 보이기도 했다. 1969년부터 1972년 사이 테드는 각기 다른 영역에서 자신의 가치를 증명해 보였다. 그는 학교로 돌아가 우수한 성적으로 심리학과를 졸업하여 사람들로 하여금 자신을 다시 보게 만들었다. 또한 인맥관계를 넓혀 주요 인사들과 접촉할 기회를 더 많이 만들어갔다. 이 시기의 테드 번디는 대외적으로 젊고 유능하고 무한한 잠재력을 가진 인재였다. 당시 테드가 진심으로 변할 마음이 있었는지 아니면 다만 그렇게 보이기 위한 연극이었는지 정확한 판단을 할 수는 없지만 모든 역할을 제법 설득력 있게 소화해 나갔다.

테드는 사랑이라는 감정에 대해 줄곧 불신을 갖고 있었다. 처음으로 사랑했던 연인과 헤어진 후에 그는 엘리자베스라는 여자를 만났다. 엘리자베스와 사귀는 5년 사이 테드는 될 수 있는 한 결혼에 관한 이야기를 회피했으며 엘리자베스는 그가 자신에게 전념하지 않는 이유에 대해 항상 의구심을 갖고 있었다. 사실 테드는 우연한 기회에 전 여자친구를 만나고 있었다. 당시 그녀가 알고 있던 테드는 분명 변해 있었고, 그녀는 다시 그에게 빠져들었다. 이 기간 동안 테드는 두 얼굴의 삶을 살고 있었다.

그러나 오래 전 버림받은 상처와 증오를 떨쳐버리지 못한 그에게서는 왠지 모를 질투와 분노의 감정이 튀어나오곤 했다. 1974년 예전의 여자친구를 공주처럼 떠받들어 주던 테드는 아무 이유 없이 그녀에게 이별을 통고했다. 그는 감정 변화가 매우 극단적인 사람이었다. 바로 이 시기에 테드는 이미 자신의 '미녀 사냥'을 시작하고 있었다.

교활한 범인

3년에 걸친 연쇄살인사건 끝에 체포된 테드는 1976년 2월 13일 캐롤 다론치 유괴 미수 사건으로 15년의 유기징역을 선고받고 유타주의 시립교도소에서 복역을 하게 된다.

테드 번디는 비록 납치라는 죄명 하나만으로 수감되었으나 경찰 당국은 그와 연쇄살인사건 간의 관계를 밝히기 위해 계속해서 수사를 진행시켰다. 그 후 연쇄살인사건에서 최소한 두 명의 피해자가 실종 전 테드 번디와 접촉이 있었다는 사실이 증명되자 같은 해 10월 테드는 다시 정식으로 기소되었고 얼마 후 카린 캠벨 살해죄가 성립되었다.

1977년 4월 테드는 유타주 시립교도소에서 콜로라도 주립교도소로 이감되어 '카린 캠벨 살인' 사건의 재판을 기다리고 있었다. 테드는 겉으로는 바르고 올곧은 이미지를 유지하고 있었으나 속으로는 자신이 처한 난관에서 빠져 나갈 궁리를 하고 있었다. 먼저 그는 자신이 고용한 변호사를 해고했다. 그리고 그는 곧 '변론'준비를 이유로 도서관 사용허가를 받아냈다. 그 결과 테드는 6월 7

일, 보호경찰관이 잠시 한눈을 파는 사이 창문을 통해 도주하는 데 성공할 수 있었다.

당시 수갑조차 채워지지 않았던 테드는 어렵지 않게 군중 속으로 파고들 수 있었다. 탈옥하고 며칠 동안 테드는 음식물을 훔치거나 사람이 없는 집에 숨어들어 지내면서 경찰의 눈을 피했다. 그는 탈옥에 성공한 것이 하늘이 자신을 돕고 있기 때문이라고 믿었다. 그 믿음은 순간 자신이 초능력을 가졌다는 착각을 안겨주었다. 또 자신을 저지하는 사람과 일, 그리고 모든 것으로부터 벗어날 수 있을 것만 같다는 생각에 사로잡혔다.

그러나 넘치는 자신감은 일을 그르치게 만들기도 한다. 탈옥에 성공한 테드는 며칠 후 훔친 차를 타고 도주하다 다시 경찰차와 맞닥트렸다. 그는 도망가려 했지만 오랜 시간 매복 중인 경찰에 의해 다시 체포되어 감옥으로 보내졌다.

테드 번디의 탈옥은 비록 완전한 성공을 거두지 못했으나 그의 자유에 대한 집착은 매우 놀라운 것이었다. 그로부터 7개월 후 그는 또 한번 탈옥을 시도했다. 이번에는 아무도 아는 사람이 없는 도시, 플로리다주로 숨어들어간 그는 또다시 새로운 '사냥'을 하기 시작했다.

컨트롤할 수 없는 야성

70년대의 대학생활은 평화, 사랑, 파티, 이 세 가지 활동이 주를 이루었다. 주말만 되면 모든 대학생들이 카니발이 한창인 곳으로 모여 함께 밤을 지새곤 했다. 그즈음인 1978년 1월 14일 플로리다

주 대학의 한 여학생숙소 카이오메가하우스(Chi Omega House)에서 상상할 수도 없는 잔인한 사건이 발생했다. 니타 니어리(Nita Neary)가 카니발이 끝나고 숙소에 돌아왔을 때였다. 그녀는 반쯤 열려 있는 문을 밀고 칠흑같이 어두운 숙소 안으로 들어섰다. 그때 위층에서 급하게 뛰는 듯한 발자국 소리가 들려왔다. 어둠 속에 숨은 니타는 발자국 소리가 빠른 속도로 자신이 있는 방향으로 다가오는 것을 느끼고 재빨리 옷장 뒤로 몸을 숨겼다. 곧이어 니타는, 짙은 남색 스키모자를 쓴 남자가 손에 굵은 나무 막대기를 들고 급하게 문 쪽으로 뛰어나가는 것을 두 눈으로 똑똑히 목격했다. 니타는 숙소에 도둑이 든 것이라고 생각했다. 그러나 니타가 친구의 침실로 들어섰을 때, 그녀의 눈앞에 펼쳐진 광경은 어떤 영화에서도 본 적이 없는 끔찍한 장면이 펼쳐져 있었다.

숙소에 남아 있던 룸메이트 캐론은 온몸을 구타당하고 머리 부분이 움푹 패어 피를 흘리고 있었다. 그녀는 온몸을 떨며 피투성이가 된 몸을 이끌고 복도 쪽으로 기어가고 있었다. 방안에 함께 있던 또 다른 친구 캐시의 깨진 머리에서도 끊임없이 피가 흐르고 있었다. 뿜어 나오는 새빨간 피는 캐시의 얼굴을 뒤덮고 있었다. 끔찍한 장면은 니타가 경찰에 신고를 한 후에도 끝나지 않았다. 경찰이 현장에 도착한 후, 또 다른 두 명의 피해자가 발견되었다.

리사 레비(Lisa Levy)는 시체로 발견된 첫 번째 여학생이었다. 검시결과 그녀는 자고 있는 틈에 침입자로부터 나무 몽둥이로 여러 차례 가격당한 후 목이 졸리고 성폭행을 당한 것으로 밝혀졌다. 또 하체에서는 '헤어스프레이 통'과 같은 물체가 억지로 삽입된 흔적이 보였다. 살인마는 강간 후 둔부와 흉부에 또렷한 잇자국을 남겼으며 너무 힘을 준 탓에 유두가 떨어져 나간 상태였다.

두 번째 피해자인 마가렛 바우맨(Magaret Bowman)도 잠자던 사이 공격당한 것으로 나타났다. 그녀는 리사처럼 성폭행을 당하지는 않았으나 머리 부분을 강하게 가격당해 머리 속이 다 들여다보일 정도도 심하게 파열된 상태였다. 불쌍한 여학생들은 반항할 틈도 없이 잠을 자다가 천국행이 되고 말았다.

그러나 살인범은 아직 일을 끝마치지 않은 상태였다. 경찰이 현장을 수사 중이던 시각 숙소에서 멀지 않은 아파트에서 또 한 건의 살인사건이 발생했다. 그녀의 이름은 쉐릴이었으며 역시 대학생이었다. 남자친구에게 발견된 그녀는 얼굴을 알아볼 수 없을 만큼 심하게 구타당한 상태였다. 그녀는 발견 당시 아직 살아 있었으며 경찰이 도착했을 때도 숨이 남아 있었다. 경찰은 또, 침대 옆에서 살인범의 것으로 보이는 스키모자를 증거물로 입수했다.

범인이 남긴 스키모자와 머리카락, 혈흔, 치아자국을 근거로 수사를 벌인 플로리다 경찰당국은 많은 증거물에도 불구하고 범인의 신분을 밝혀내지 못하고 있었다. 그것은 탈옥에 성공한 테드 번디가 자신들의 평화로운 생활을 또다시 위협하리라고는 상상도 하지 못했기 때문이었다.

테드 번디는 이미 아무것도 느끼지 못하고 일말의 인간성도 찾아볼 수 없이 완전히 이성을 잃은 야수가 되어 있었다. 그는 단 1분 1초의 자유도 낭비하지 않으려는 듯 쉽게 걸려들 수 있는 사냥감을 물색하는 것에만 열중해 있었다. 그는 플로리다를 떠나 다음 도시로 출발하기 전 당시 열두 살이던 킴벌리 리치(Kimberly Leach)를 죽이는 것도 잊지 않았다.

공포의 마지막 날

항상 자신감에 넘쳐 있던 테드는 가는 곳마다 살인을 저질렀으며 마지막에는 새로 훔친 오렌지색 폭스바겐을 타고 플로리다주의 펜서콜라(Pensacola Florida)에 도착했다. 아이러니한 것은 두 번이나 탈옥에 성공하고 무수한 범행을 저지르고도 유유히 법망을 빠져나갔던 그가 마지막에는 언제나 같은 원인으로 체포되었다는 점이다. 그는 경찰차만 보면 아무런 상황판단없이 냅다 줄행랑을 쳤고 그렇게 또 잡혔다.

테드 번디는 자신의 일생이 전기(傳奇)적이며 자신에게 일종의 파워가 있다고 믿었다. 그러나 체포된 야수는 결국 법의 제재를 벗어나지 못했고 다시는 '무적'이 될 수 없었으며 자신이 범한 범행의 증거물들로부터도 빠져 나갈 구멍을 찾을 수도 없었다. 이 '매력적인 외모의 캠퍼스 여대생 살인마'는 결국 많은 죄명으로 사형을 언도받았다. 그는 판결에 여러 차례 반박했다. 그러나 사형날짜가 임박해 오자 인간미라고는 찾아볼 수 없었던 테드에게도 일말의 후회와 반성의 시간이 찾아온 듯 자신의 또 다른 범죄를 스스로 자백했다.

테드는 정신과 의사에게 과거에 자신이 미모의 여대생들을 사냥하고 살해하는 과정에서 피해자의 살점을 먹었다는 것과 어떤 여성 피해자의 경우에는 살해 후 그녀의 머리를 집으로 가져가 '소장'했었음을 실토했다.

테드 번디가 살해한 사람이 정확히 몇 명인지에 관해서는 그 자신조차도 정확하게 기억하지 못했다. 많은 피해자의 시체가 지금 현재까지도 발견되고 있으며 전문가들은 최소한 백여 명의 여성이 테드의 손에 목숨을 잃었을 것이라고 추측하고 있다.

1989년 1월 24일 테드 번디는 결국 자신이 앗아간 무수한 여성들의 목숨값으로 자신의 마지막 왕좌인 전기의자에 앉아 그 대가를 치렀다.

살인분석 _ Case File No.7

찰스 맨슨 (Charles Manson)

70년대 할리우드 연예인 살인사건의 주모자. 그는 냉혹하고 잔인한 젊은이들을 사주해 살인사건을 지시하고 자신의 '마교'를 믿게 했다.

- **이름** _ 찰스 맨슨 Charles Milles Manson
- **별명** _ 맨슨 패밀리의 리더
- **출생** _ 1934년 11월 12일
- **사망일** _ 현재 미국 캘리포니아 코코란 감옥 Corcoran State Prison, California 에 수감 중
- **습성** _ 추종자들로 하여금 피해자들을 연쇄살인, 학대, 구타, 암살, 총살하도록 사주함
- **범죄시기** _ 1969년
- **범죄발생지** _ 미국 캘리포니아
- **희생자수** _ 유명한 로만 폴란스키 Roman Polanski 감독의 부인이자 배우였던 샤론 테이트 Sharon Tate 를 포함해 7명을 살해함. 당초에는 35명을 살해했다고 주장했으나 현재 무죄를 주장하고 있음

지금도 이름만 대면 알 만한 수많은 사건들이 미국의 범죄역사를 장식하고 있다. 그것은 온갖 매체와 정보에 노출되어 뉴스의 헤드라인을 장식했으며 법규를 잘 지키기로 유명한 미국 국민들의 정서불안을 촉발시키는 주된 원인이 되었다.

한때 전 미국을 흥분케 했던 케네디 암살사건은 미국 역사상 가장 큰 관심을 끌었던 사건 중 하나였다. 그는 한 국가의 책임자로 그만큼 중요한 인물이었다. 백주대낮에 암살범의 총알이 그의 머리를 관통하던 그 순간 현장에 있던 목격자들이나 방송을 통해 소식을 접한 미국 국민들은 경악을 금치 못했다. 미국 국민들에게 있어 그 총탄은 국가에 대한 신념을 관통시킨 주범이나 다름없었다. 이 사건은 지금 현재까지도 미국 역사상 가장 논쟁이 되는 대통령암살사건으로 기억되고 있으며 여전히 전 미국 국민들의 가슴을 울리는 미스터리로 남아 있다.

사실상 미국에서 대통령암살사건에 버금가는 사건은 상당히 많았다. 그 중에서 1969년 8월 9일 발생한, 테이트 라비앙카(Tate LaBianca) 살해사건 또한 여전히 사람들의 마음에서 사라지지 않을 비극적인 사건이었다.

사건발생 지점

비버리힐즈에서도 가장 높은 곳에 위치한 세상과 단절된 초호화 주택가. 이곳에는 주로 부유한 대기업 사장과 기업인들이 살고 있으며 그 중에는 물론 많은 연예인과 유명인사들이 포함되어 있는 것으로도 유명하다. 그곳에 있는 모든 가옥들은 삼엄한 보안 설비로 무장되어 최대한의 안전을 보장하고 있었다. 그러나 1969년 8월 9일 새벽 12시 30분경 시에로 거리 10050번지(10050 Cielo Drive)에서는 한 호화주택이 온통 피로 물든 살인사건이 발생했다. 다섯 명의 피해자가 참혹한 시체로 발견되었으며 피바다가 된 사건 현장과 살인범의 범행 수법은 경찰들도 놀라움을 금치 못할 만큼 참혹한 광경이었다.

연예인 부부

샤론 테이트는 당시 전도유망한 미모의 여배우였으며 그녀의 남편은 로만 폴란스키라는 유명한 영화감독이었다. 이들 부부는 친구이자 음반제작가로 널리 알려진 테리 멜처(Terry Melcher) 소유의 시에로 거리 10050번지 주택을 임대해 살고 있었다. 처음부터 그 집을 썩 마음에 들어 했던 폴란스키 부부는 평온하고 행복한 생활을 꾸려나가고 있었다.

폴란스키 부부가 금술이 좋다는 것은 이미 세상이 다 아는 사실이었다. 그즈음 폴란스키는 영화 촬영으로 매우 바쁜 나날을 보내고 있었고 결혼 후 차츰 영화계를 떠나기 시작한 샤론은 출산날을 바로 앞두고 있었다. 그런 폴란스키 부부의 유일한 소망은 그 집에서 세 식구가 함께 평온한 미래를 맞이하고 아름다운 가정을 꾸려 나가는 아주 단순한 것이었다. 그 바람은 샤론이 임신에 성공하면서 차츰 현실화되고 있었다. 1969년 여름, 두 부부는 흥분된 마음으로 자신들의 첫 번째 사랑의 결정체를 맞이할 날만을 기다리고 있었다. 마치 이곳으로 이사 온 다음부터 더더욱 모든 것이 순조롭게 풀려가고 있는 것만 같은 나날이었다.

그러나 아무리 돈과 명예와 권력을 갖춘 사람이라고 해도 인생에 항상 행운만 따르라는 법은 없는지, 모든 것이 완벽했던 그들에게도 액운의 기운이 드리워지고 있었다. 다만 그들의 행복이 그렇게 비극으로 끝날지는 아무도 알지 못했다.

액운의 도래

시에로 거리 10050번지에는 폴란스키 부부 외에도 윌리엄 가렛슨(William Garretson)이라는 한 젊은이가 정원을 관리해 주고 있었다. 그는 원래의 집주인에게 고용되어 집안일을 돌보며 평소에는 폴란스키 부부의 생활에 조금도 방해가 되지 않도록 따로 조용히 생활하고 있었다.

1969년 여름 로만은 종전대로 유럽에서 영화 촬영에 몰두해 있었으며 임신 8개월째인 샤론은 집에 혼자 남겨져 있었다. 그러나 항상 주변에 친구들이 끊이지 않던 샤론은 외로움을 느낄 틈 없이 평화로운 나날을 보내고 있었다.

사람들과 어울리는 것을 좋아하던 샤론은 집에 손님을 초대하는 일이 잦았으며 남편이 곁에 없는 동안에도 하루하루 행복한 시간을 보냈다. 그녀는 거의 매일 두세 명의 친구들을 집에 초대하여 작은 파티를 열거나 오후의 티타임을 갖곤 했다.

8월 9일 그날 저녁도 작은 파티가 열리고 있었다. 임신 중이었던 샤론은 출산기일이 임박하여 몸이 편치 않은 관계로 세 명의 절친한 친구만을 초대하여 조촐한 모임을 갖고 있었다. 샤론 본인도 최고의 여배우였지만 그래서인지 그의 친구들도 신분을 막론하고 모두 유명인사였으며, 그 중에서도 그날 초대받은 이들은 그녀와 가장 가까운 친구들이었다.

먼저 아비가일 폴저스(Abigail Folgers)는 유명한 폴저스 커피(Folgers Coffee) 재벌가의 상속녀였다.

또, 워첵 프리코스키(Wojciech "Wojtek" Frykowski)는 폴란드 국적의 감독이자 아비가일의 연인이었다.

유명한 헤어디자이너였던 제이 세브링(Jay Sebring)은 당시 헐리우드를 주름잡던 유명 연예인들의 헤어스타일을 전담하고 있었으며 자신만의 미용관련 기업을 소유하고 있는 역시 사회적 지위를 무시할 수 없는 잘생긴 독신 남성이었다. 그는 샤론의 전 남자친구로 둘은 서로 헤어진 후에도 여전히 좋은 친구 사이를 유지하고 있었다.

서로 막역한 사이였던 이들은 사건 당일날 샤론의 집에 모여 약간의 술과 함께 즐겁고 화기애애한 분위기 속에서 조용하고 평온한 여름밤을 보내고 있었다.

그러나 잔혹하고 끔찍한 비명소리와 함께 그들은 그날 밤 생의 마지막 파티를 마감해야 했다.

피로 물든 파티

8월 9일 아침 폴란스키 부부에게 채용된 여성고용인은 정해진 시간에 폴란스키의 집으로 출근했다. 그녀는 집에 들어서면서 대문의 열쇠가 부서져 있는 것과 전화선이 끊겨져 있는 것을 발견했다. 불길한 예감에 잠시 주저하던 그녀는 우선 주위를 둘러보기로 하고 조심스럽게 뒷문으로 향했다. 바로 그때 그녀의 눈앞에 펼쳐진 광경은 누군가 일부러 바닥에 피를 퍼부은 것처럼 군데군데 고여 있는 흥건한 핏자국이었다. 소스라치게 놀란 그녀의 시야에 들어온 다음 장면은 온몸이 피투성이가 되어 마당 잔디밭에 쓰러져 있는 시체였다. 그녀는 실성한 듯 비명을 지르며 자신이 뛰고 있는지 기고 있는지 분간할 사이도 없이 이웃집으로 구조를 요청하러 가야 한다는 생각만으로 가득했다. 이웃집으로 달려가던 그녀는 앞쪽에 있는 주차장을 지나치던 순간 그곳에 세워져 있는 듀얼리스 한 대를 발견했다. 언뜻 보니 차 안에도 이미 숨이 끊어진 듯한 남자가 쓰러져 있었다.

워낙 파티를 즐기는 여주인이었던지라 지난밤 이곳에서 죽은 사람이 몇 명일지 가늠할 수조차 없었다. 얼마 후 도착한 응급구조대원들은 그녀가 발견한 두 구의 시체 외에도 잔인하게 살해당한 세 구의 시체를 더 찾아냈다.

사건발생 현장에 대한 보고서 내용은 그들이 마지막 순간에 얼마나 참혹하게 죽어갔는지 낱낱이 말해주고 있었다.

사건보고서는 피해자들의 사망시간, 살해방법, 사망지점 등을 생생하게 묘사하고 있으며 당시 살인범(혹은 살인범들)은 누구든 닥치는 대로 죽여 버릴 계획으로 그곳에 침입했던 것임을 어렵지 않게 추측할 수 있었다. 먼저 첫 번째 피해자로 보이는 젊은 남자의 시체는 발견 당시 조수석을 향해 쓰러져 있었다. 그는 붉은색과 하얀색 그리고 남색이 어우러진 체크무늬로 도안된 셔츠와 남색 바지를 입고 있었다. 이미 오래 전에 숨이 끊긴 남자는 얼굴과 왼쪽 어깨와 가슴에 총상을 입고 있었으며 경찰 조사결과 그는 바로 윌리엄 가렛슨의 친구로 열여덟 살의 스티브 페어런트(Steve Parent)로 밝혀졌다. 경찰은 스티브가 주차를 하고 있을 때 마침 범행 준비를 마친 살인범들과 맞닥뜨려 불행히도 그곳의 첫 번째 피해자가 된 것이라고 확신했다.

그 다음 피해자는 아비가일 폴저스와 워첵 프리코스키였다. 싸늘한 시체가 된 과거의 연인들은 정원 앞 잔디밭에서 함께 발견되었다.

당시 유명메이커의 값비싼 흰색 파티복을 입고 있던 아비가일은, 십 수차례의 자상을 입은 탓에 자신이 흘린 피로 입고 있던 옷이 붉은색 예복으로 변해 있었다. 그녀의 왼쪽 얼굴에는 여러 번의 자상 흔적이 있었으며 맨발 차림에 양손은 활짝 펼쳐진 상태였다. 살인범으로부터 탈출을 시도했다가 살해당한 것으로 보였다.

아비가일이 쓰러진 곳에서 멀지 않은 곳에는 워첵 프리코스키의 시체가 있었다. 그는 자줏빛 셔츠에 느슨한 조끼를 받쳐 입고 다색의 나팔바지와 짧은 가죽 부츠를 신고 있었다. 머리를 자신의 오른쪽 어깨에 기댄 채 옆으로 쓰러져 있던 그의 왼손은 한 움큼의 잔디를 꽉 움켜쥐고 있었다. 경찰은 그의 몸에 있는 많은 상처들로 미루어 숨이 끊어지기 직전까지 그가 얼마나 극심한 고통에 시달렸는지 어렵지 않게 추측할 수 있었다.

프리코스키는 머리에 두 발의 총상을 입었으며 날카로운 흉기로 머리와 얼굴 전체에 최소한 서른다섯 군데의 중복적인 자상을 입어 얼굴의 형체를 알아 볼 수 없을 정도로 심각하게 훼손된 채로 발견되었다. 또 온몸에 최소 쉰한번의 자상 흔적이 있었다. 살인범은 과연 그와 어떤 원한관계가 있었기에 그렇듯 잔인한 방법으로 살인을 저지른 것일까?

참혹한 살인현장은 거실까지 이어져 있었다. 거실로 들어서자 맨 먼저 눈에 띈 것은 거실을 향해 나 있는 난로와 대형 성조기가 덮여 있는 소파였다. 바로 그 소파 맞은편에는 온몸이 피로 얼룩진 한 구의 시체가 있었다. 그녀는 바로 이곳의 여주인이자 임신 8개월째로 들어선 샤론 테이트였다. 그녀의 시체는 경찰들마저 식은땀을 흘리게 할 만큼 잔인하게 훼손되어 있었다. 당시 그녀는 작은 꽃무늬가 새겨진 비키니처럼 아래위 두 벌로 나누어진 치마를 입고 있었으나 그녀가 흘린 피는 입고 있던 옷의 색을 온통 뒤덮고 있었다. 그녀의 앞가슴은 깊고 난폭하게 찔려 있었으며 나머지 상처들도 모두 치명적이었다. 심지어 그녀의 뱃속에 있는 태아도 그 칼을 피하지는 못했다. 불쌍한 아기는 세상에 태어나 보기도 전에 엄마의 뱃속에서 잔인하게 죽어갔다. 또 샤론의 몸 곳곳에는 살인범이 일부러 손에 그녀의 피를 묻혀 문지른 흔적들이 나 있었으며 그녀의 임신 사실을 비웃기라도 한 듯 샤론의 다리를 태아의 자세처럼 구부려 놓았다. 그것은 죽은 자에 대한 최후의 조롱인 듯했

✚ 비버리힐즈의 초호화 주택에서 살해당한 채 발견된 샤론 테이트와 그녀의 친구.

다. 그 외에도 불쌍한 샤론의 목은 흰 밧줄로 타이트하게 둘러져 있었고 밧줄의 끝은 천장 대들보에 묶어져 있었다. 샤론은 한참동안을 그렇게 천장에 매달려진 다음 칼에 찔려 죽임을 당한 것이 분명했다.

샤론의 목을 조이고 있던 밧줄의 반대편에는 다섯 번째 피해자, 제이 세브링의 시체가 있었다. 그도 샤론과 마찬가지로 밧줄로 목이 꽁꽁 묶인 채 발견되었다.

제이는 사건 당시 남색 셔츠와 검정색과 흰색 줄무늬 바지에 긴 부츠를 신고 있었다. 그는 오른쪽으로 눕혀져 있었으며 얼굴 위에는 피로 흥건하게 젖은 수건이 덮여져 있었다. 경찰이 수건을 걷어 내자 지독하게 구타당한 나머지 사람의 얼굴 형상이라고는 남아 있지 않은 핏덩어리가 드러날 뿐이었다. 그는 다른 피해자와 마찬가지로 심한 구타를 당했으며 죽기 전 살인범의 구타와 괴롭힘을 막기 위해 양팔로 있는 힘을 다해 머리를 감싸쥐었지만 그 어떤 자기방어로도 죽음을 피할 수는 없었다.

전 미국을 뒤흔든 살인사건의 전모

사건 당일 맨 먼저 현장에 도착한 경찰들은 눈앞에 펼쳐진 잔인한 광경을 애써 참아내며 행여 살인범이 남겼을지 모를 단서를 찾기 위해 피로 얼룩진 집안을 샅샅이 수색해 나갔다. 그러나 수사 중인 경찰들을 가장 화나게 한 것은 살인범이 샤론 테이트의 피로 하얀색 나무 벽 문 앞에 흘겨 쓴 글씨였다. 거기에는 "PIG"라는 글자가 적혀 있었다.

그 시간에 아직 유럽에서 영화를 촬영 중이던 로만 폴란스키 감독은 그의 인생에 있어 가장 절망스러운 전화를 한 통 받게 되었다. 수화기 저편에서 조심스레 들려오는 소식에 로만은 웅얼거리는 목소리로 끊임없이 혼잣말을 되뇌었다.

"안돼……, 안돼……,안돼……."

사건 발생 후 몇 시간이 채 못 되어 로만 폴란스키 감독의 부인과 친구들의 죽음이 알려지면서 곧 살인범에 관한 이야기로 온 미국이 떠들썩해졌다. 살인범은 어떻게 그토록 삼엄한 경비를 뚫고 그곳에 침입할 수 있었는가? 범행 동기는 무엇인가? 문 위에 새겨진 글자가 뜻하는 바는 무엇인가? 등등의 질문들이 끊임없이 사람들의 입에 오르내려졌다. 그러나 경찰당국이 해답을 찾기도 전에 '지옥에서 온 사자'라는 별명을 얻은 범인은 단 하루도 안 되어 또 다른 두 사람의 생명을 앗아갔다. 그들은 마치 세상 사람들에게 선전포고라도 하듯 같은 지역을 선택하여 똑같은 범행을 저지름으로써 전 국민을 대경실색케 했다.

8월 10일 아침 첫 번째 범죄현장에서 멀지 않은 웨이벌리 3301번지(3301 Waverly Drive)에 살던 노부부는 자신들의 집 거실에서 딸에 의해 싸늘한 시체로 발견되었다. 수퍼마켓을 경영하던 이들 부부의 이름은 레노(Leno)와 로즈마리 라비앙카(Rosemary LaBianca)였다. 평소 레노와 로즈마리의 생활은 매우 단조로웠으며 모든 사람들에게 친절하기만 했던 이들 부부는 다른 사람에게 원한을 살 만한 기회조차 없었던 사람들이었다. 이처럼 선량한 부부의 죽음이 샤론 테이트 사건과 기이하게 비슷한 것은 어떤 이유에서일까?

사건 당시 레노는 잠옷을 입고 있었고 그의 머리는 소파 덮개로 가려져 있었다. 또한 몸에는 여러 번 칼에 찔린 자국이 있었으며 목은 전기스탠드의 전선줄로 단단히 동여매어져 있었다. 그리고 두

손은 가죽으로 만든 T자형 팬티로 꽁꽁 묶여 있었다. 더욱 황당한 것은 칼과 포크를 각각 한 자루씩 그의 몸에 찔러 놓았다는 점이었다. 레노의 목에는 마치 경찰을 향한 도전장처럼 'WAR'라는 글자가 새겨져 있었다.

레노의 부인 로즈마리 역시 범인의 잔인한 손길을 피해 갈 수 없었다. 잠옷 차림으로 침실 바닥 위에 쓰러져 이미 숨이 끊어진 상태로 발견된 로즈마리의 시체에는 모두 마흔한번의 깊은 자상이 나 있었으며 그녀의 남편처럼 긴 전선줄에 목이 감겨져 있었다.

수사관들은 라비앙카의 집에서 모두 세 곳에 피해자의 피로 쓴 범인의 메시지를 발견했다. 거실의 양 벽에는 각각 "돼지들에게 죽음을(DEATH TO PIGS)", "일어서라(RISE)"라는 글들이 쓰여 있었고, 냉장고 문에는 "헬터 스켈터(HEALTHER SKELTER)" 즉, 비틀즈의 "Helter Skelter"이라는 노래제목의 스펠링을 잘못 적은 글자가 적혀 있었다.

끔찍한 사건현장은 당시 담당 수사관들을 극도로 긴장시킬 만한 것이었다. 그들은 마치 입가에 사악한 미소를 물고 있는 살인범이 멀지 않은 곳에서 자신들을 비웃고 있을 것만 같다는 생각에 잠시도 방심할 수가 없었다. 그들은 자신들이 맞서 싸워야 할 대상이 하루 아침에 손쉽게 잡힐 자가 아니라, 무차별적으로 살인을 일삼는 미치광이이거나 처음부터 치밀하게 계획된 살인집단의 소행일지도 모른다고 추측했다. 과연 오만방자한 살인범 혹은 살인범들이 또 어떤 식으로 자신들을 표현해 올 것인지에 온 국민과 경찰의 관심이 주목되고 있었다.

살인범은 누구인가?

1969년 8월 9일 발생한 테이트 · 라비앙카 살해사건은 전 국민에게 크나큰 경각심을 안겨주었다. 살인범의 잔인하고 대담한 수법과 도발적인 행동은 미국 국민의 사회치안에 대한 강한 공포심과 의혹을 야기시켰다.

유명한 영화감독이었던 로만 폴란스키가 끔찍한 살인사건으로 사랑하는 부인을 잃게 되었다는 사실에 사람들은 놀라움을 금치 못했다. 당시 할리우드의 많은 인사들도 그 일을 자신의 일처럼 여기며 국민의 여론에 협력하여 경찰 측에 되도록 빠른 시일 내에 살인범을 체포해 줄 것을 적극 호소했다.

살인사건 발생지점과 피해자의 신분 때문인지 사람들은 경찰이 미처 혐의점을 찾기도 전에 각양각색의 소문과 추측들을 자아냈다. 일부에서는 마피아조직의 소행이라는 주장을 내세우기도 했으며 또 어떤 사람들은 폴란드 경찰의 암살사건이라고도 했다. 심지어 어떤 이들은 피해자들이 불법마약판매와 관련되어 죽임을 당한 것이라고 떠벌였다. 그러나 여러 가지 근거 없는 의심과 추측들은 오히려 수사에 어두운 그림자만 증가시킬 뿐이었다. 그렇게 사건발생 후 3개월이 지나서야 당시 사건에서 사용된 것으로 확인된 22구경 소총이 발견되었다. 그때부터 경찰 수사는 다시 활기를 띠게 되었으며 조금이라도 혐의가 인정되는 자들이 속속 경찰서로 불려나오기 시작했다. 그 과정에서 경찰 측의 주용의자로 지목된 남자가 있었으니 그가 바로 찰스 맨슨이었다.

악마의 집회

사실상 경찰이 찰스 맨슨이라는 남자를 주목하게 된 주된 원인은 이미 기소된 다른 살인사건 때문이었다. 바로 샤론 테이트와 라비앙카 부부 살인사건이 있기 얼마 전, 그레이 힌만(Gary Hinman)이라는 한 중학교 교사가 22구경 권총을 지닌 젊은 여성과 남성에게 잔인하게 총살당한 사건이 있었다. 그들의 이름은 각각 바비 뷰솔레일(Bobby Beausoleil)과 수잔 앳킨즈(Susan Atkins)였다. 이 두 젊은이는 아직 채 스무 살이 안 된 불량소년소녀로 가출한 지 오래되어 이미 학교도 다니지 않는 상태였다. 심지어 사이비 종교에 가입한 그들은 나쁜 친구들과 한통속이 되어 낡은 폐기물 처리장 안에서 함께 살고 있었다. 이곳 사람들은 자신들을 맨슨 패밀리(The Manson Family)의 구성원이라고 주장했으며 그들이 말하는 맨슨은 바로 그들의 정신적 지도자 찰스 맨슨을 가리키는 것이었다.

범인, 살인을 떠벌이다!

맨슨 패밀리들이 무지한 젊은이들이건, 아니면 냉혹한 살인마이건 간에 찰스 맨슨을 체포할 수 있었던 것은 바로 그가 아끼고 사랑하던 수잔 앳킨즈라는 여제자 덕분이었다.

수잔이 그레이 힌만 살인사건으로 구금되어 재판을 기다리고 있을 때의 일이다. 평소 잘난 척과 떠벌이기를 좋아하던 그녀는 교도소 공용 텔레비전에서 할리우드 유명인사 살인사건이 방송되자, 만면에 화색을 띠고 동료 죄수들에게 테이트와 라비앙카를 살해한 과정을 세세하게 묘사하기 시작했다.

처음 수잔의 이야기를 들은 동료 죄수들은 그녀의 말들을 좀 모자란 아이가 관심을 끌기 위해 지어낸 이야기라고만 생각했다. 그러나 그 중 한 여죄수는 일부러 그녀에게 더 많은 말을 유도했다. 그러자 곧이어 수잔의 입에서는 수많은 중죄를 지었던 동료 죄수들마저 몸서리치게 할 만한 이야기들이 터져 나왔다.

동료 여죄수는 일부러 호기심 가득한 얼굴로 수잔에게 물었다.

"그래서, 네가 그 그레이 힌만을 죽였단 거지?"

그 말을 들은 수잔은 의기양양한 목소리로 대답했다.

"당연하지! 게다가 경찰들은 내가 그레이를 붙잡고 서 있고 바비가 찔러 죽인 줄 알고 있지만, 사실은 정반대야!"

살인마의 진술

수잔과 같은 방에 수감 중이던 여죄수는 서른한 살의 버지니아라는 여자였다. 처음에는 그녀도 아직 어린아이에 불과한 수잔의 말들을 그냥 헛소리라고 여겼다. 아무리 봐도 수잔이 그런 끔찍한 범죄를 저지를 정도로 보이지는 않았기 때문이었다. 그러던 어느 날 버지니아는 수잔에게 믿을 수 없는 이야기를 듣게 되었다.

"샤론 테이트, 그 사람들을 죽인 게 누군지 알아? 바로 당신 눈앞에 있는 사람이라구!"

놀라워하는 버지니아에게 수잔은 당당하고 여유 있게, 마치 친구와 커피를 사이에 두고 담소를 나누듯 사건의 자초지종을 천천히 그리고 세밀하게 묘사해 나갔다.

"우린 전세계가 놀랄 만한 일을 하나 터트리려고 했었어. 그렇게 하면 사람들도 우리 존재를 알게 될 테니까! 우리가 테이트가를 택한 건 그곳이 가장 외지고 조용한 지역이었기 때문이야. 우린 집주인이 누구인지 알고 있었지만, 당시 거기에 누가 살고 있었는지는 상관하지 않았어. 우린 여자 셋, 남자 한 명, 이렇게 네 명이었는데 찰리(찰스 맨슨)의 지시에 따라서 먼저 문 옆에 있는 전화선을 몽땅 잘라버리고 난 다음에 차 안에 있는 젊은 녀석(스티브 페어런트)한테 총을 네 발 쏴버렸어! 그러게, 누가 보지 말아야 할 걸 보래?

그런 다음에 집으로 들어갔더니 먼저 한 남자(워첵 프리코스키)가 소파 위에 앉아 있는 게 눈에 띄었고 그 옆에 있는 의자에서는 어떤 여자(아비가일 폴저스)가 책을 보고 있었어. 그때 난 내 파트너를 거실에 남겨 두고 계단을 올라가 이층 방으로 달려갔지. 방에 들어가니까 글쎄, 또 어떤 남자(제이 세브링)가 어떤 여자(샤론 테이트)랑 침대 자락 끝에 앉아 이야기를 나누고 있더라구! 말할 것도 없이 바로 달려가서 그 둘의 목을 밧줄로 묶어 버리고, 앗 참! 거기다가 특별히 그것들이 난동을 피우면 서로 목이 졸리도록 매듭을 팽팽하게 묶어줬었어!

그 다음에는 아마 그 남자한테 한 세네 번 칼을 꽂았던 것 같아. 나중에는 완전히 피투성이가 되어서 정원 앞쪽으로 달아나더라고. '살려주세요, 살려주세요, 누가 날 좀 살려주세요.' 하면서 말이야. 정말 우습지 뭐야! 누가 알아주기나 한대? 그래서 다시는 살려달라고 입도 뻥끗 못하게 만들어줬어. 히히히……."

자신들이 저지른 잔인한 범행과정을 묘사하던 수잔은 눈에 광기를 띠며 자신의 입에서 흘러나오는 '재미있는 장면'들을 제대로 설명하기 위해 때때로 손짓 발짓을 동원하며 당시의 일들을 생동감

있게 얘기했다. 한편 샤론 테이트를 살해하던 과정을 이야기할 때 수잔은 유독 흥분한 듯 정신없이 웃어대며 죽어가던 샤론의 모습을 흉내내기도 했다.

"그 샤론이라는 여자는 제일 마지막에 없앴어! 알아? 그 여자가 계속 해서 나한테 '부탁이에요, 제발, 날 죽이지 말아요! 제발 부탁이니 날 죽이지 말아주세요! 난 정말 죽고 싶지 않아요! 난 이 아이를 낳고 싶어요! 이 아이를 낳고 싶다고요!' 이렇게 애원하는 거야!"

당시 살려달라고 애원하는 샤론에게 수잔은 매몰차게 대꾸했다.

"너, 잘 들어, 이 창녀야! 네가 죽고 살고는 내가 알 바 아니야! 네가 아이를 낳고 싶건 말건 그것도 내가 상관할 바가 아니라고! 마음의 준비나 잘 해두는 게 좋을 걸! 조금 있다 난 너를 죽여 버릴 거고, 결코 널 봐주는 일은 없을 테니까!"

그리고 얼마 후 샤론은 수잔의 손에 무참히 살해당했다.

여기까지 이야기를 마친 수잔은 마치 정신 나간 사람처럼 몽롱한 얼굴로 멍하니 앉아 있었다. 그녀는 버지니아에게 자신이 저지른 살인행위는 결국 모두 '사랑'에서 나온 것이었다는 부연설명을 덧붙였다. 또 그녀는 샤론의 피가 솟구쳐 나오는 것을 지켜보는 순간, '죽음'을 느껴보고 싶다는 충동을 억누를 수 없었노라고 회상했다.

"사실 시간만 충분했으면, 난 샤론의 뱃속에 아기도 꺼내 갔을 거야! 그리고 그 사람들 눈알도 다 빼버리고, 손가락도 몽땅 잘라서 가져가고 싶었어. 하지만 시간이 없어서 그럴 수 없었던 게 너무 아쉬워. 어쨌든 그런 다음 우린 차를 타고 어딘가로 가서 손도 씻고, 그러는 김에 옷도 갈아입었어. 그런데 옷을 다 갈아입고 나와서 보니까 내가 칼을 두고 나왔지 뭐야. 그리고 분명 살인현장에는 지문도 남기고 나왔었을 거야. 하지만 내 영(靈)이 너무 세서 경찰들이 그런 증거를 하나도 못 찾은 거지! 안 그랬다면 내가 왜 여태까지 잡히지 않았겠어?"

마지막으로 수잔은 다음 범행을 실토했다.

"우린 다음 날 저녁에 바로 라비앙카네 집으로 갔어. 그것도 우리의 원래 계획 중 하나였거든."

악마의 계획

수잔은 긴 이야기를 풀어 놓는 사이 자신들의 살인계획과 과정을 자백한 셈이 되었다. 수잔은 세상 사람들은 이제 찰스와 그의 제자들이 오랫동안 준비해온 무시무시한 계획에 대해 알아야 할 때라고 말하고, '유명인사 살해사건'은 한번에 그칠 것이 아니라 그들 외에도 더 많은 사람들이 암살자 명단에 올라가 있다고 떠벌였다. 조사에 의하면 샤론 테이트는 그들의 살인계획에서 '첫 번째 대상'이었으며 애초에 세워진 기초에 입안한 살인명단은 리차드 버튼(Richard Burton), 엘리자베스 테일러(Elizabeth Taylor), 프랭크 시나트라(Frank Sinatra), 스티브 맥퀸(Steve McQueen), 톰 존스(Tom Jones)인 것으로 밝혀졌다. 이들이 '죽어 마땅한' 대상에 포함된 이유는 단순히 그 연예인들이 갖고 있는 명성이 자신들의 범행을 더욱 충격적인 사건으로 만들어 주고 세상의 모든 이목을 자신들에게 집중시켜 줄 것이라는 데 있었으며 그러한 그들의 주목적은 바로 사회에 혼란과 공포를 조성하는 것이라고 했다.

찰스가 맨슨 패밀리에게 주입하고 주장하는 소위 '정신' 혹은 '이

념'이라 함은 이들 불량소년소녀들에게 있어 일종의 거부할 수 없는 마력을 갖고 있었다. 또 이들 젊은이들은 찰스의 여러 가지 이념에 대해 조금도 의심하지 않았을 뿐만 아니라 더러는 맨슨을 구세주처럼 추앙하고 있었다.

그러나 맨슨이 애초 의도한 것은 종족전쟁이었다.

그는 먼저 백인들 가운데 유명인사를 골라 살해한 다음 미국 사회에 종족의식을 퍼트림으로써 한바탕 흑백 인종전쟁의 국면을 야기시키겠다는 계획을 갖고 있었다. 그리고 백인들로 하여금 흉악한 살인을 저지르는 것은 모두 흑인이라는 인식을 과장되게 심어줌으로써 전세계가 인종문제로 들끓게 되었을 때 자신은 맨슨 패밀리들과 함께 아무런 제한도 없고 속박도 없는 '천국'에서 한바탕 놀아보겠다는 속셈이었다.

경찰은 이 황당한 계획을 지어낸 사람은 단 한 사람, 찰스 맨슨일 것이라고 결론지었다. 한편으로 경찰 측은 찰스 맨슨과 이제까지 일어난 사건들과의 관련성을 간과할 수 없었다. 따라서 사건의 진상을 알아내기 위해서는 반드시 찰스에 대한 모든 정보를 수집해야 한다고 판단했다. 그리하여 경찰들은 맨슨이 지나온 과거 36년간의 종적들을 하나하나 파헤쳐 나가기 시작했다.

찰리, 그는 과연 누구인가?

찰스 맨슨의 성장과정은 그가 왜 '악당'으로 자랄 수밖에 없었는지 잘 보여주고 있다. 맨슨은 1934년 11월 12일 미국 신시내티(Cincinnati)에서 태어났다. 그의 어머니 캐슬린 매독스(Kathleen

Maddox)는 찰스를 임신했을 때 열여섯 살의 제멋대로인 불량소녀였다. 그녀는 어린 나이에 벌써 술주정뱅이로 망가져 가고 있었으며 첫 경험과 함께 찰스를 임신하게 되었다. 당연히 그녀는 애초부터 계획에 없던 '골칫거리'를 돌볼 여력도 마음도 없었다. 엄밀하게 말하자면 캐슬린은 찰리가 태어나자마자 아이를 다른 사람에게 보낼 궁리만으로 머릿속이 꽉 차 있었다.

찰리는 어렸을 때부터 줄곧 자신의 아빠가 누구인지 모르고 자랐다. 그가 맨슨이라는 성을 갖게 된 것은 캐슬린이 그를 낳고 얼마 후, 윌리엄 맨슨(William manson)이라는 사람과 아주 잠시 동안 결혼생활을 했기 때문이었다. 결국 이혼으로 끝난 결혼생활이었으나 그것으로 아들에게는 찰스 맨슨이라는 정식 이름을 만들어 준 셈이었다.

찰스의 어머니는 천성이 반항아에 행동이 바르지 못했으며 부모님의 말을 듣기 싫어하는 전형적인 불량소녀였다. 그녀는 늘 밖에서 분란을 일으키고 그것을 집안으로 가져와 가족들에게 떠넘기기 일쑤였다. 찰스의 외할아버지와 외할머니도 그녀의 흐트러진 행동을 바로잡기 위해 노력했으나 그녀는 도무지 착한 딸로 돌아와 주지 않았다. 찰스를 임신했을 때도 그녀는 이미 습관적인 가출을 일삼았으며 며칠 심지어 몇 달 동안 돌아오지 않는 때도 있었다.

찰스의 외할머니는 '극단적인 광신자'였다. 또 그의 어릴 적 기억 속에는 아침부터 저녁까지 캐슬린의 고함치는 소리가 가장 많은 부분을 차지하고 있었다.

"싫어! 이렇게 하지 마라, 저렇게 하지 마라 명령하지 마!"

그렇게 어떠한 정신적 압박도 견디기 싫어하던 캐슬린은 집을 뛰쳐나갔고 그러던 어느 날 그녀는 강도사건으로 철창신세를 져야만 했다. 그러나 출감 후에도 캐슬린은 여전히 달라지지 않았다. 집으로 돌아와 갑갑한 부모님의 얼굴을 대면하느니 차라리 밖에서 부랑자들과 어울려 술이나 마시며 사는 것이 낫다고 여긴 그녀였다.

캐슬린의 무책임한 행동으로 찰스는 줄곧 일정한 거처를 가질 수 없었다. 그는 외삼촌댁에서 잠깐 머물다가 또다시 외할머니 집으로 옮겨 다니는 떠돌이 생활을 했다. 대부분은 캐슬린의 기분이 비교적 좋아졌을 때에야 비로소 찰리도 잠시 엄마의 곁으로 돌아갈 수 있었다.

찰스와 캐슬린, 두 모자의 관계를 극명하게 보여주는 일화가 있었다.

한번은 음식점에서 어린 찰스가 엄마의 무릎에 앉아 식사를 하고 있었을 때였다. 그곳에서 일하던 한 여종업원은 계속해서 찰스에게 귀엽다는 말로 어르며 예뻐했다. 이를 본 찰스의 엄마는 이렇게 말했다.

"그렇게 예쁘면, 맥주나 하나 공짜로 주고 이 애랑 바꾸는 건 어때요?"

여종업원은 순간 놀랐으나 곧 농담으로 여기고 서비스로 맥주를 가져다 주었다. 그러자 캐슬린은 여종업원이 가져다 준 맥주를 한 방울도 남기지 않고 다 마신 다음, 뒤도 한번 돌아보지 않고 혼자 그곳을 걸어나갔다. 혼자 남겨진 찰스는 멍하니 앉아 엄마가 떠난 자리를 오래도록 지키고 있어야 했다. 그 일이 있고 며칠 뒤 찰스의 삼촌이 온 동네를 돌아다니며 수소문한 끝에 여종업원의 집을 알아내어 불쌍한 찰스를 찾아 올 수 있었다.

어려서부터 단 한번도 진정한 가정을 느껴보지 못했던 그에게 있어 모정은 더 말할 필요도 없이 먼 감정이었다. 그런 그가 터득한 유일한 생존 방식은 강도, 약탈, 사기 등 모두 법의 테두리를 벗어나는 행동들 뿐이었다. 결국 그는 성인이 되기 전 이미 3분의 2에 달하는 세월을 감옥에서 보내야 했다.

찰스 맨슨은 수많은 범죄를 저지르는 사이 체포되어 수감되고 석방되기를 반복하며 점점 사회의 기초적인 규범 부분에 있어 다분히 무감각해진 상태가 되어 갔다. 또한 그의 단순한 생각이나 사상도 이미 보통 사람들과는 전혀 다르게 변질되어 갔다. 1967년 3월 21일 서른세 살이 된 찰리는 다시 한 번 석방의 기회를 갖는다. 들리는 설에 의하면 그날 그는 풀려나기를 원치 않아 했으며 당시 교도소 측은 그의 헛된 요구에 조금도 귀 기울이지 않았다고 한다. 그리고 그 후 맨슨은 혼자 힘으로 자신만의 인생을 개척해 나가기 시작했다.

재발견된 '인생의 목표'

1967년은 히피족이 만연한 시대였다. 젊은이들은 온통 마약과 섹스와 비틀즈의 음악 속에 빠져 살았다. 찰스 맨슨에게 이 시기는 일종의 자유를 상징했다. 영혼을 잃고 방황하는 청소년들에게 있어 찰스의 출현은 그의 나이와 경력에 상관없이 그의 입에서 흘러나오는 모든 이야기들이 전설처럼 들렸다. 자신의 생애를 풀어놓는 맨슨에게 빠져든 젊은이들은 점점 자신들의 무지에 미혹되어 갔다. 그들은 자신들이 숭배하게 된 이 새로운 인물을 하늘이 보낸 지도자라고 믿어 의심치 않았고 그에게 충성을 맹세했다. 얼마 후 이것은 소위 '맨슨 패밀리'라는 그룹을 형성하게 되었다.

그렇게 빠른 속도로 명성을 쌓아간 찰스 맨슨은 자신의 '패밀리'를 이끌고 이미 폐기된 영화촬영세트장으로 거처를 옮겼다. 그들은 그곳에서 자신들만의 작은 국가를 건설하여 제도와 법칙과 정치적 분쟁을 만들어 나갔다. 찰스는 이곳에서 진정한 정신적 지도자로 군림할 수 있었다. 또한 자신을 믿고 따르는 강력한 지지자들 속에서만큼은 자신의 '음악적 재능'을 크게 인정받을 수 있었다. 그는 자신이 만들어낸 '위대한 사상'과 '계획'을 전파하면서 자신을 신봉하는 제자들을 철저하게 세뇌시켰다. 그들 또한 오로지 자신들의 지도자가 말하는 '사명'을 완성하고자 하는 생각만으로 머릿속을 가득 메우고 지냈다.

1968년 찰리는 제자들에게 곧 임박할 '종족전쟁'에 대해 강조했다. 공교롭게도 당시 비틀즈가 발표한 'Helter Skelter'라는 곡은 찰스에게도 큰 영향을 미쳐 그 노래의 가사가 바로 자신이 세상을 향해 전달하려는 '메시지'라고 떠벌였다. 'Helter Skelter(전쟁계획)'의 모양새를 흉내낸 맨슨의 제자들은 범죄현장에 희생자의 피로 이 글자들을 새겨 넣음으로써 간접적으로 찰스의 '메시지'를 전달했다. 살인사건이 노출되고 찰스 맨슨과 맨슨 패밀리에 관한 뉴스가 매체에 오르내리게 되면서 비틀즈의 노래는 그들과 함께 연상되기 시작했다.

악마가 가는 최후의 길

'유명 연예인 살인사건'이 재판에 회부되자 미국 국민들은 또 한 번 큰 분노를 터트렸다. 그러나 한편에서는 찰스 맨슨의 새로운 지지자들이 들고 일어나 크나큰 정서적 촉발을 야기했다. 재판이 개정되고 대법원이 배심원들의 결정을 선고하기까지는 불과 며칠밖에 걸리지 않았다.

찰스 맨슨과 수잔 앳킨즈, 패트리샤 크렌빈켈(Patricia Krenwinkel), 레슬리 밴 허슨(Leslie Van Houten) 등을 포함한 그들 네 명은 배심원들의 일치 하에 모두 사형을 선고받았다. 당시 배심원 대표가 '피고 찰스 맨슨 유죄, 사형, 피고 수잔 앳킨즈 유죄, 사형……' 이라는 유죄평결을 한 자 한 자 읽어 내려가고 있을 때 옆에서 냉랭하게 배심원들을 직시하던 수잔은 위협하는 어투로 이렇게 말했다고 한다.

"당신들, 문단속 잘해둬야 할 거야. 자식들 잃고 싶지 않거든 말이야!"

1971년 4월 19일, 이 사건을 맡은 고등법원의 판사는 정식 판결을 선고하면서 이와 같은 말을 했다고 한다.

"이런 사건에서 사형을 선고하지 않는다면 어떤 범죄에 사형을 선고하겠소?"

그리고 몇 달 후 찰스는 네 명의 맨슨 패밀리와 함께 패밀리 중 남자 구성원이 연류된, 중학교 교사 그레이 힌만 살인사건으로 또 한번 유죄를 선고받는다.

그러나 그 후 1972년 캘리포니아주의 최고법원이 사형제도를 폐

지함에 따라 찰스 맨슨과 그의 충실한 살인사건 가담자들의 형기가 종신형으로 형이 바뀌어 간신히 목숨을 부지할 수 있게 되었다. 당시 감금된 맨슨 패밀리 구성원들은 지금 현재까지 교도소 안에서 아주 잘 살고 있다. 아이러니한 것은 찰스 맨슨에게는 지금도 여전히 많은 지지자 혹은, '신도'들이 생겨나고 있으며 이따금 그들의 편지와 격려를 받고 있다는 사실이다. 이러한 소위 '맨슨 정신'을 신봉하는 극단적인 사람들은 계속해서 그의 이론을 발전시켜 나가고 있으며 인터넷을 통해 맨슨 정신을 섬기는 자들의 가입 또한 점점 많아지고 있다.

몇 년 사이 미국 내에서는 맨슨 패밀리나 혹은 샤론 테이트 살인사건에 관한 수많은 서적이 출판되었다. 부정할 수 없는 사실은 찰스 맨슨이라는 사람이 자기가 원하는 대상을 충분히 매료시킬 수 있는 영향력과 능력이 있는 인물이라는 점이다. 대중에게 맨슨이라는 인물이 알려진 후부터 영화, 텔레비전, 대중가요, 맨슨교, 맨슨 패밀리 박물관 혹은, 맨슨 영화 팬클럽 등은 모두 이 작고 기괴한 웃음을 띠고 있는, 이마에 나치 휘장을 문신한 남자를 인상 깊게 표현하고 있다. 그리고 그가 '악마의 화신'이라는 이름으로 알려져 있는 것과는 상관없이 여전히 많은 사람들이 그를 숭배하고 있다.

현재 72세인 찰스 맨슨은 34년의 수감생활을 하는 동안 최소한 열 번의 가석방 요청을 거절당했다. 수감생활을 시작하고 이렇게 많은 시간이 흘렀음에도 그는 여전히 자신의 결백을 주장하고 있다.

찰스는 2002년 당시 자신의 '가석방 청문회'에 불참했다. 그 이유는 '수갑이 채워진 채 나가고 싶지 않다'는 이유 때문이었다. 일

시적으로 기분이 좋았다가 나빠지는 상태를 반복하고 있는 그는 현재 자신의 이마 위에 있는 卍자 표시 위에 유명한 커피체인점인 스타벅스의 상표를 새겨 넣었다고 한다. 평생의 대부분을 감옥에서 지낸 '정신적 지도자'는 앞으로 2007년 다시 한 번 가석방의 기회를 갖게 된다. 그러나 수감된 교도소에서조차 기괴한 행동들을 일삼는 그는 가석방 심사관에게 이렇게 말할지도 모른다.

"내 커피잔이 나한테 아름다운 인생을 살라고 하는군. 내가 커피 리필을 받을 수 있게 해준다면 당신 자식을 죽이지 않겠다고 약속하지. 어때?"

다행히 찰스가 가석방의 기회를 가질 수 있는 확률은 매우 희박한 환상만으로 끝날 것이 분명하다.

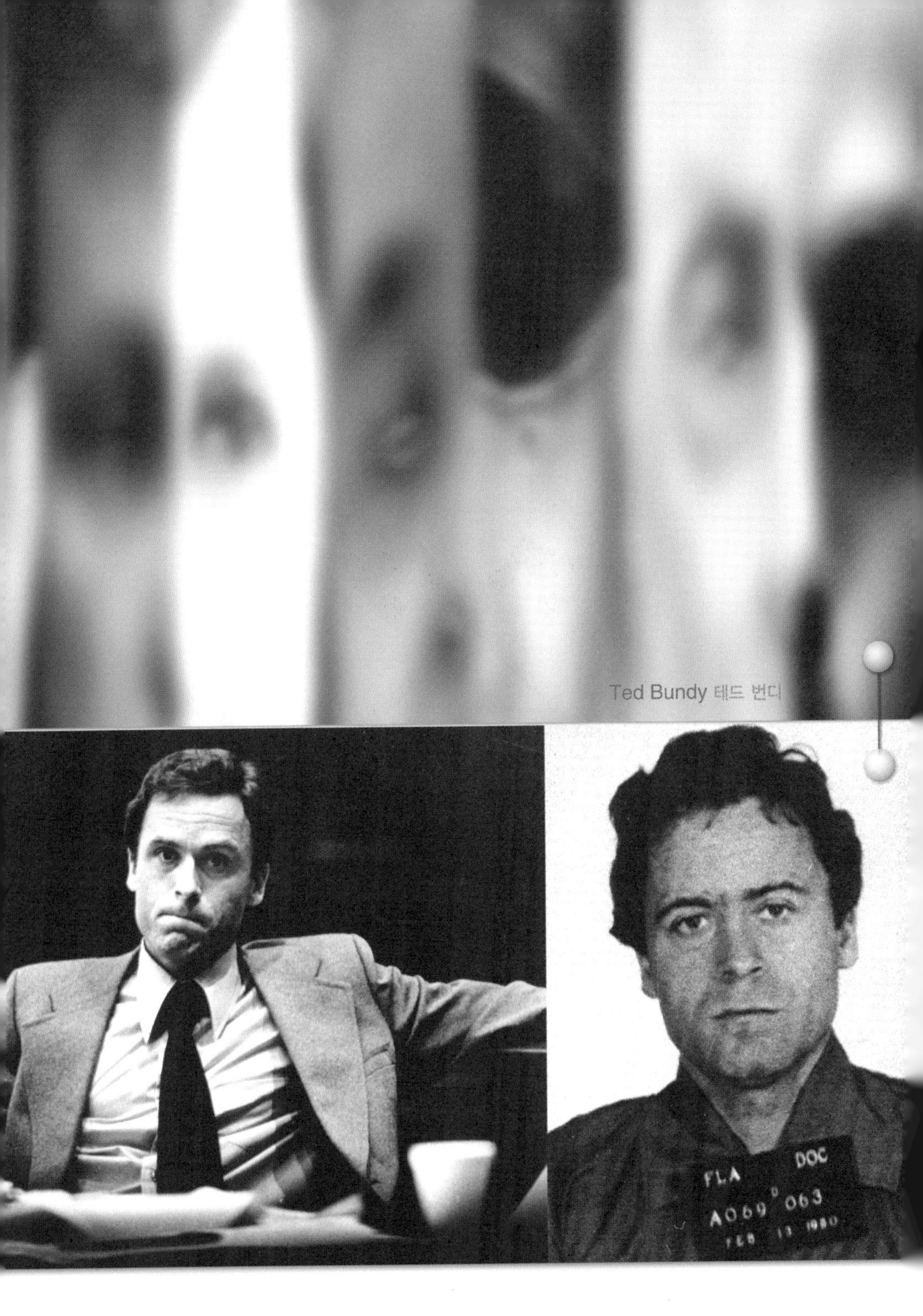

Ted Bundy 테드 번디

▲ Manson's Family 맨슨가족 ▼ Charles Manson 찰스 맨슨

옮긴이 후기

루춘루(盧春如)의 '하나님의 블랙리스트'는 미국을 떠들썩하게 만든 7인의 연쇄살인범에 대한 생생한 현장보고서다. 그들의 성장배경과 살인행동을 여과 없이, 사실 그대로 그려낸 논픽션이다. 수사기록을 중심으로 한 이야기 전개방식은 리얼리티에 생동감을 더해주지만 그 내용이 지극히 충격적이고 자극적이란 점에서 독자들은 경악을 금치 못할 것이다.

픽션에 가까운 이 이야기들이 당시 엄연한 현실로 존재했었고, 그러한 현실이 지금 이 시간에도 여전히 진행형이란 사실에 충격은 더해진다. 비현실적인 시공을 살아간, 혹은 살고 있는 그들만의 과거를 들여다보는 것은 여간 곤혹스러운 일이 아니었다.

그래서 이 책은 공포영화도 잘 못 보는 내게 있어 한 마디로 '모험과 도전'이었다. 표현이 부족할 정도의 잔혹함에 줄곧 손바닥을 적시는 식은땀을 바지에 문지르며 페이지를 넘겨야 했다.

픽션은 아닐까, 과연 어디까지가 실제 있었던 일일까, 차라리 누군가 지어낸 이야기이기를 바라는 안타깝고 초조한 마음이 여느 공포영화보다 나를 긴장시켰다.

그러나 이것은 실제 있었던 일이다.

이들에 관한 이야기는 국내외의 수많은 사이트와 호기심 가득한 개인 블로거들에 의해 수없이 수집되고 소개되어 왔지만, 이처럼 정확하고 사실적인 자료는 더 이상 없을 것이다.

분명한 것은 이 책이 단지 대중을 기겁하게 만들 의도로 쓰인 것은 아니라는 점이다.

작가는 연쇄살인범들의 전반적인 삶과 성장과정에서 겪은 정신장애를 통해, 자연스럽게 그들이 범한 오류의 출발점과 근원에 생각이 미치도록 유도하고 있다. 가정과 사회에서 소외당하고, 불합리한 폭력으로 억압받는 주위의 어린 인생들에게 작은 관심과 손길을 뻗어 긍정적인 세상을 보여줘야 한다는 메시지를 담고 있다.

이 책을 읽는 독자라면 세세하게 묘사된 범죄과정과 사건현장을 상상하며 어쩌면 자신도 모르게 살인자의 모습에 자신을 대입시켜보는 섬뜩한 경험을 하게 될지도 모른다. 그것은 아마 인간의 내면에 잠재되어 있는 어두운 면이 다소 자신에게도 보인다는 소름 돋는 경험으로 다가올 것이다. 어쩌면 바로 그 점이 이 책이 주는 가장 공포적인 요소일지도 모른다. 또, 그럼으로써 최소한 자신을 되돌아보고 주위를 되돌아보려는 마음을 갖게 해주기도 한다.

마지막으로 작업 도중 책을 덮고 숨을 고르던 나를 토닥이며 끝까지 번역을 마칠 수 있도록 도와준 조카들, 가족들, 예진언니, 그리고 출판사 유창언 사장님께 감사를 전한다.

이가나

옮긴이에 대하여

이가나

(주) 고양신문 편집기자 역임.
북경어언문화대학 졸업.
학술심포지엄 및 강연회 순차통역.
중한 단행본 번역

하나님의 블랙리스트

초판 1쇄 인쇄일 | 2008년 1월 15일
초판 1쇄 발행일 | 2008년 1월 20일

지은이 | 루춘루(Ruby)
옮긴이 | 이가나
발행인 | 유창언
발행처 | 집사재
출판등록 | 1994년 6월 9일
등록번호 | 제10-991호

주소 | 서울시 마포구 서교동 377-13 성은빌딩 301호
전화 | 335-7353~4
팩스 | 325-4305
e-mail | pub95@hanmail.net / pub95@naver.com

ISBN 978-89-5775-117-6 03820

값 12,000원